세상 끝에서 온 아이

한차현 글 | 아메바피쉬 그림

세상 끝에서 온 아이

한차현 글 — 아메바피쉬 그림

"잘 들어봐, 난 네가 믿지 못할, 상상도 못한 것을
보아왔어. 오리온좌 곁에서 불타던 전함, 탄호이
저 게이트 근방의 어둠을 가로지르던 C-빔의 불빛
들……. 세상 끝에서 끝을 오가며 만난 그 장관들
에 비하면, 이 정도야 아무것도 아니지."

이른아침

안드로메다에서 찾아온 소년

"가능성은 두 가지다. 우주에 우리만 존재하거나, 그 반대거나. 어떤 경우건 끔찍하긴 마찬가지다.(Two Possibilities Exit, Either We Are Alone In The Universe Or We Are Not, .Both Are Equally Terrifying,)"

영국의 유명한 SF작가 아서 C. 클라크의 말입니다. 교원과 현수와 '꾸꾸루꾸꾸'의 이상하고 신기한 여행을 시작하기 전, 비슷한 질문을 드리고 싶군요. 여러분들은 이 넓고 광활한 우주에 지구의 (사람을 비롯한) 생명체만이 살고 있을 거라고 생각하나요? 아니면 이 책 속 이야기처럼, 우주에는 수없이 다양한 외계인들이 살고 있으며 그들 가운데 일부가 더러는 지구에 찾아와 자기 존재를 숨기고 활동할 것이라고 생각하나요? 여러분이라면 두 가지 경우 가운데에서 어느 쪽이 더 마음에 드나요? 그 이유는?

숱한 SF영화를 통해, 소설과 만화를 통해, 우리는 다양한 외모와 성격을 가진 수많은 우주인을 만나왔습니다. 그들은 때로 영화 〈에일리언〉 시리즈 속 괴물처럼 흉폭하고 잔인한 괴물로 묘사되기도 했고, 〈스타워즈〉 〈스타트랙〉 시리즈 속 인물들처럼 탐욕스럽고 호전적이며 우리보다 크게 발달한 과학문명을 가진 존재들로 묘사되기도 했습니다. 때로 그들은 보이지 않는 미생물 같은 형태로 지구인들의 몸 안에 침투했고, 끔찍한 살상무기를 동원한 전투선을 타고 대기권을 침입해 도심지 빌딩과 거리를 쑥대밭으로 만들었습니다. 대부분의 지구 밖 생명체들은 대체로 우리 인간보다 막강한 힘을 앞세워 지구 평화를 위협하는 존재들로 비춰졌습니다. 그렇지 않은, 지구인들과 좋은 관계를 유지하며 우정을 쌓아간 외계인들은 손에 꼽을 정도로, 대표적으로는 스티븐 스필버그 감독의 명작 속 캐릭터인 식물학자 ET 정도가 있을 겁니다. SF 속에 비친 외계인의 이 같은 모습들은, 어쩌면 미지의 것에 대한 인간의 본능적인 공포심에서 비롯된 것인지도 모릅니다. 언젠가 외계인이 지구에 사는 우리 앞에 나타난다면 그들이 어떤 존재들일지, 〈에일리언〉 속 주인공과 비슷할지 〈ET〉 속 주인공을 닮은 모습일지, 저는 참으로 궁금합니다. 여러분들은 이에 대해 어떤 생각을 갖고 있을지 모르겠군요.

어쨌거나 다행히 사람은, 아직은, 지구 밖 생명체의 도움이 없이도 살아갈 수 있습니다. 그러나 '다른 사람들' 없이는 한시도 살 수 없습니다. 본격적으로 이야기를 시작하기 전, 여러분에게 꼭 드리고 싶은 말입니다. 사람은 혼자서는 살 수 없는 존재입니다. 가족이 필요하고 친구가 필요합니다. 잘 모르는 누군가의 잘 보이지 않는 도움 역시 꼭 필요합니다. 그리하여 우주여행자 현수가 저 먼 우주에서 지구로 돌아온 것은 5총사 친구들과의 소중한 약속을 지키기 위해서였으며, 그들과의 우정을 깨뜨리고 싶지 않아서였습니다.

이야기의 첫 장을 열기 전,
한 번쯤 시간 내어 밤하늘을 올려다보세요.
한 번쯤 시간 내어 자기 주변을 둘러보세요.

그리고 찬찬히 생각해 보세요.

저 어둔 하늘 너머에 어떤 이들이 살고 있을까?

그들은 어떤 모습일까?

내 주변에 없어서는 안 될, 소중한 사람들은 누구일까?

그들 중에 혹시 외계인이 숨어 있는 것은 아닐까?

깜짝 놀랄 상상이, 여러분 곁에 살그머니 찾아갈지도 모릅니다.

지구별 2013년 6월

소설가 한차현

교원

서울 미양초등학교 6학년 4반. 취미는 셀카 찍기, 노래하기, 친구들과 모여 수다 떨기. 좋아하는 것(?)은 키위와 연어초밥, 예쁜 향수병 모으기와 K리그 팀 'FC서울'. 장래 희망은 수시로 바뀌는데 현재는 인터넷쇼핑몰 사업가를 (52%가량) 고려 중. 목요일 오후 이상한 아이를 만나며 꿈에도 상상 못했던 모험에 빠져든다.

현수

서울 역촌초등학교(초등학교가 아니라 '국민학교'임) 5학년 10반 휴학(?) 중. 5총사 사이에서 불리는 별명은 깡통. 만화영화 〈로봇태권브이〉 속 '깡통로봇'의 준말이다. 어느 날 밤 집 앞에서 빨간 앵무새 머리 외계인 타루오를 만나 초광속 우주시공간여행을 제안받는다. 지구에서의 세 번째 날. 현수는 5총사들과의 오랜 약속을 지킬 수 있을까?

꾸꾸루꾸꾸

현수가 흰솜털제비꽃22은하 산티우로노스K27의 67번째 우주정거장에서 만난 두 번째 여행 파트너. 양쪽 귀의 뾰족한 안테나로 매초 308회 이상 스쳐가는 우주신호를 접수하고 분석한다. 지구에 와서 〈꾸꾸루꾸꾸 빨로마Cucurucucu Paloma〉라는 노래를 듣자마자 단번에 팬이 되었다. 812세의 잡학가답게 아는 게 무척 많지만 그만큼 호기심도 수다도 많아서 탈이다.

에일리언헌터

일명 외계인 사냥꾼. 확실히 밝혀진 것은 아니지만 국내에서만 최소한 8천 명 이상의 요원들이 활동하고 있다. 매일 450명 이상의 지구 거주 외계인들을 감시하고 추적해서 잡아들이는데 쉬운 일이 아니다. 월등한 과학기술과 신체적 능력을 가진 외계인들로부터 골탕을 먹기 일쑤인 때문이다. 제일 싫어하는 것은 영화 〈맨 인 블랙〉 속의 요원들과 비교당하는 일이다.

차 례

01

이상한 아이

9월 12일 목요일. 오후 3시 16분. 학교에서 돌아와 아파트 단지로 막 들어서던 참이다. 집에 가서는 가방 내려놓고 할머니가 챙겨 주시는 간식을 먹고, 다시 부지런히 집을 나서 상가 건물 2층의 피아노학원으로 가야 했다. 서둘러야 한다. 어제도 3시 30분에서 15분이나 늦어서 피아노 선생님으로부터 싫은 소리를 듣고 말았다.

화단 산책로. 감나무 가지에 막 영그는, 작고 동그란 초록색 열매를 잠깐 바라보는데 누군가 교원을 불렀다.

"저기, 잠깐만."

걸음을 멈추고 뒤를 돌아보았다. 남자아이다. 키는 6학년 교원보다 한 뼘 정도 작다. 장난기 가득한 얼굴에 검게 반짝이는 눈. 같은 학년이래도 한참은 철없는 꼬마로만 생각되는 남자애들 가운데 한 명.

"네가 백순희 씨 손녀니?"

뭐라고? 잠깐 어이가 없어진 교원이 대꾸를 못 했다. 이상한 아이였다. 뭔가 많이 이상했다. 지나치게 길고 폭이 넓은 고동색 칼라의 촌스러운 셔츠도, 연변 사투리를 쓰듯 어색한 말투도. 얘 누구지? 우리 할머니 이름을 어떻게?

"아까부터 널 기다리고 있었어."

"나를 왜."

"부탁이 있거든. 아주 중요한."

찰랑찰랑 쏟아지는 오후 햇살. 달갑잖은 시선으로 아이를 내려다보던 교원은 뜻밖의 예감에 사로잡히고 말았다. 뭔가 심상치 않아. 기왕에 재미있는 일이었으면 좋겠는걸.

"할머니 방 있지? 방 안을 잘 찾아보면, 빨간 상자가 하나 있을 거야."

"뭐라고?"

"빨간색 양철 상자. 영어로 뭐라고 막 써 있는 거. 틀림없이 있을 거야. 잘 찾아보면."

"……."

"그걸 나한테 좀 갖다 줘. 아무도 몰래."

처음부터 끝까지 말도 되지 않는 소리였다. 할머니 방에 뭐가 있는지, 뭐가 있을지, 자기가 어떻게 안담? 있다고 쳐도 그렇지, 그걸 내가 왜?

"이상하게 생각하지 않아도 돼. 따지고 보면, 세상에 이상한 일 같은 건 없거든. 내가 장담해."

"너 정말, 와아, 이상한 애구나."

"말하자면 좀 길어. 하지만 시간이 없네. 내 부탁 좀 들어줘. 제발."

아이가 당당히 재촉했다. 그래서 교원은, 이 말도 되지 않는 부탁을 들어주어야 하는 것 아닌가 잠시 헷갈리고 말았다. 그때였다.

부ㅡ아ㅡ아ㅡ앙!

승합차 한 대가 무서운 엔진 소리를 내뱉으며 달려들었다. 놀란 교원이 얼결에 몸을 움츠렸다. 순간적으로 차가 자신을 덮치는 줄 알았다. '급발진 사고'라는 단어가 문득 떠올랐다.

차 문이 왈카닥 열렸다. 그리고 두 명의 남자가 뛰어내렸다. 검은 양복, 검은 넥타이, 검은 안경, 검은 모자를 쓴 사람들. 거의 동시에, 이상한 아이가 교원의 손을 잡아끌었다.

"도망쳐!"

엉겁결에 교원이 달리기 시작했다. 아이를 따라 아파트 단지 밖 골목길을 뛰었다. 아스팔트 바닥을 다급하게 두드리는 발소리. 그런데 남자들은 더 빨랐다. 얼마 달리지 못해 성큼성큼 따라온 그들에게 붙들리고 말았다. 이상한 아이도 거의 동시에 그들에게 잡힌 모양이다. 검은 옷 남자들의 손아귀에 붙들린 아이가 아등바등 악을 썼다. 이거 놔! 이 나쁜 자식들아!

두 아이가 봉고차 뒷자리에 억지로 쑤셔 박혔다. 순식간에 입이 테이프로 봉해지고 손목까지 뒤로 꽁꽁 묶였다. 감자가 가득 든 포대 자루처럼, 꼼짝도 할 수가 없었다. 쾅! 문을 닫은 봉고차가 거칠게 출발했다. 앞자리의 검은 옷 남자 둘이 낄낄거리며 하이파이브를 했다.

도대체 이게 뭐람? 이 사람들 누구지? 지금 어디로 가는 거야? 가슴이 콩콩 뛰었다. TV 뉴스에서 보고 들은, 온갖 나쁜 사람들 이야기가 생각났다. 엄마 아빠 얼굴이 떠올랐다. 시커먼 걱정이 몰려들었다. 오늘도 피아노 선생님 화 좀 내시겠는걸.

– 놀라지 마.

5분 정도 달렸을까? 누군가의 나직한 목소리를 교원은 들었다.

– 너무 걱정할 필요 없어. 덩치만 컸지 당나귀보다 멍청한 사람

들이거든.

그것은 마치, 누군가 교원의 귓구멍 속에 들어와 나직이 속삭이는 소리 같았다. 이상한 이야기 같지만 귀가 아니라 머릿속에서 들려오는 소리 같았다.

— 나야. 나라고. 옆에 있잖아.

뭐야. 도대체 누구 목소리야. 어리둥절하던 교원이 옆자리를 보았다. 이상한 아이다. 교원과 눈이 마주치자 고개를 끄덕인다. 지금 얘가 말을 한 건가? 입이 테이프로 막혔는데 어떻게? 그리고 나는 어떻게 그 말을 알아들을 수 있지?

— 좀 도와줘.

이상한 아이가 다시 '머릿속에서' 말했다.

— 나랑 등을 붙이고 돌아앉아. 그리고 손을 뒤로 움직여서 주머니 속의 물건을 꺼내줘. 왼쪽 주머니야. 할 수 있지?

교원이 꿈지럭꿈지럭 몸을 움직였다. 꽁꽁 묶인 손목이 끊어질 듯 아팠다. 한참을 헤맨 끝에 아이의 바지 주머니에서 물건을 꺼낼 수 있었다. 작은 주머니칼이었다. 이상한 아이가 한참을 끙끙거렸다. 뒤로 묶인 손목 매듭을 칼로 잘라내는 모양이었다.

차의 움직임이 스르르 멈추었다. 슬그머니 고개 들어 운전석을 살폈다. 신호등 앞에서 차가 멈춘 모양이다. 그새 손목을 묶고 있던 줄이 풀렸다. 이상한 아이가 다시 말했다.

― 지금부터 셋을 셀 거야. 눈을 감고 귀를 꽉 막아. 입도 벌리지 마. 알았지?

귓속으로 대답하는 방법을 몰랐으므로, 교원은 그저 고개만 끄떡였다.

― 하나…… 둘…… 셋!

시키는 대로 눈과 귀를 꼭 막았다. 파팍! 뭔가 따뜻한 기운이, 햇빛이나 봄바람 같은 것이 손등 위를 부드럽게 스쳐가는 느낌. 이게 뭘까? 잠시 후 이상한 아이가 어깨를 두드렸다.

"이제 눈 떠도 돼."

조심히 고개를 쳐든 교원의 입이 떡 벌어졌다. 이 상황을 어떻게 설명하면 좋을까. 앞좌석의 검은 양복 남자들이 마네킹처럼 굳어 있다! 옆 사람을 향해 뭐라 떠벌이는 표정 그대로, 핸드폰을 쥔 채 껄껄 웃는 표정 그대로, 교원처럼 입을 딱 벌린 모습 그대로.

"빨리 움직여. 3분 뒤면 원래대로 돌아올 거야."

봉고차의 뒷문을 열고 아이가 뛰어내렸다. 차는 횡단보도 앞에 여전히 멈춰 서 있다. 교원이 이상한 아이를 뒤따라 달리기 시작했다. 큰 길을 마구 달렸다. 쉬지 않고 달렸다. 집 동네의 사거리까지 돌아와서야 가쁜 숨을 돌릴 수 있었다. 이상한 아이가 숨을 헐떡이며 웃었다.

"많이 놀랐지?"

교원도 이상한 아이도, 입가에 테이프 떼어낸 자국이 허옇게 남아 있었다.

"그 사람들 뭐야? 인신매매?"

"사냥꾼들이야. 자기들 말로는 에일리언*헌터라고 하지."

"사냥꾼? 에일리언? 그런 직업도 있나?"

"있지. 그보다 더 희한한 직업도 있는걸."

"그렇다면 에일리언을 잡아야지 어째서 우리를……. 음?"

교원이 눈을 크게 떴다.

"너 혹시 에일리언이니? 우주 괴물? 지금 사람으로 변신한 거야?"

"사람이야. 사람 맞아. 지구에 사는 사람은 아니지만."

이상한 아이가 어깨를 으쓱, 해보였다.

---

*에일리언(Alien) : 생경한, 이질적인. 외계인이라는 뜻도 있음. Alien Beings.

"에일리언헌터가 주로 노리는 대상이 나 같은 우주여행자거든.
비교적 손쉽게 접근할 수 있고, 얻어낼 것도 더 많고."

"입만 벌리면 이상한 소리네. 그런데 그 사람들, 괜찮은 거야?
몸이 딱딱하게 굳은 것 같던데."

"시간의 속도를 잠깐 줄였을 뿐이야. 굳은 건 아니고, 그렇게 보이는 거지. 지금쯤 분해서 어쩔 줄을 모르고 있을걸. 눈 깜짝할 사이에 3분이 훌쩍 지나가고, 그새 우리들까지 놓치고 말았으니."

"어떻게 한 거야?"

"그건……."

이상한 아이가 뭐라 설명을 하려다 말고 아까 했던 소리를 반복했다.

"말하자면 좀 길어."

02

현수와 꾸꾸루꾸꾸

이상한 아이가 사는 곳은 교원이 사는 아파트 단지 뒷산이었다. 뒷산에 누군가 '산다'는 것을, 그래서 교원은 처음 알았다.

등산길을 따라 걷다가, 배드민턴장과 약수터를 지나, 왼편으로 산길을 벗어났다. 숲을 헤치며 10분쯤 나아가니 작은 공터가 나왔다. 거기 이상한 아이가 사는 이상한 집이 있었다. 판자와 종이상자와 비닐포대 등으로 얼기설기 세워진 판잣집. 사람 사는 곳이라고는 믿을 수 없는, 재채기나 딸꾹질을 잘못했다가는 픽 쓰러질 듯 초라한.

아이를 뒤따라 판잣집에 들어선 교원이 다시 놀랐다. SF영화에서나 볼 법한 이상하고 요상한 기계 장치가 집 안에 가득했다. 고물상을 통째로 옮겨온 듯, 판잣집만큼이나 허름한 데다 이상하고 요상한 기계 장치들.

"며칠 후 지구를 떠날 때, 우리가 타고갈 우주비행선을 제어하는 장치야. 지금은 대기권 상공에 숨어 대기 중이고."

"우리?"

저편 모니터 앞에 누군가 또는 무언가가 앉아 있다. 헉. 징그럽다고 해야 할지 괴상하다고 해야 할지 모를 누군가 또는 무언가의 모습에, 교원은 미간을 찌푸려야 좋을지 웃음을 터뜨려야 좋을지 영 헷갈렸다. 키는 1미터 정도 되려나. 온몸은 갈색 잔털로 덮여 있고 얼굴이 수박만큼 늙은 호박만큼 크다. 뾰족한 주둥이에 부리부리한 눈이 무려 네 개. 양쪽 귀의 저 뾰족한 안테나 같은 건 뭐람. 말로만 듣던 외계인이, 교원을 향해 뒤뚱뒤뚱 다가왔다. 그리고 손을 흔든다.

— 안녕, 난 꾸꾸루꾸꾸. 우주여행자란다. 만나서 반가워.

누군가 귓구멍 속에 들어와 나직이 속삭이는 듯한 소리. 아까 봉고차 뒷자리에서 경험했던 그 목소리였다.

"텔레파시야."

이상한 아이가 설명했다.

"서로 다른 언어를 가진, 서로 다른 발성기관과 청각기관을 가진 생명체들이 의사소통을 하려면 이 방법이 최고거든. 의식을 이용해 상대방과 마음의 대화를 나누는 거지."

"나도 들을 수는 있어. 그런데 내가 할 말은 어떻게 전달해?"

"집중해. 상대방에게 내 마음을 보내듯. 간절히 기도를 하듯. 나중에 익숙해질 때가 있을 거야."

"그러면…… 네가 꾸꾸루꾸꾸에게 대신 대답해 줘."

"뭐라고."

"나도 반갑다고. 지구에 온 것을 환영한다고. 필요한 게 있으면, 음, 이 누나에게 뭐든 말하라고."

"누나?"

"언니인가?"

이상한 아이가 웃었다.

"꾸꾸루꾸꾸, 지구 나이로 8백 살도 더 먹었거든."

우주여행자 현수(이상한 아이의, 역시나 이상하고 촌스러운 이름은 그랬다)와 꾸꾸루꾸꾸가 지구에 도착한 것은 어젯밤 11시가 넘어서였다. 11시 11분 27초. 남서풍이 초속 0.87m로 불고 등산길

초입 은행나무의 가지 하나가 보이지 않게 떨릴 즈음. 켄타우루스좌의 백색왜성 불빛 한 점이 찻잔 속 물방울처럼 흔들리고 109동 402호 건넌방에 누운 두 살 아기가 잠결에 입술을 오물거리며 짧게 옹알이를 하던 즈음이었다. 그리고 사흘 뒤인 일요일 아침 9시 27분 37.6초면, 현수와 꾸꾸루꾸꾸는 잠시 머물었던 지구를 떠나갈 것이다. 멀리 우주여행을 재개하기 위해서.

초광속 시공간이동에서 중요한 원칙 가운데 하나는 오차 없이 정확한 시간 관리다. 어딘가를 여행하기에 앞서 우주여행자들은 기본적으로 네 가지 — **그곳**을 향해 출발하는 순간의 시공간좌표, **그곳**에 도착하는 순간의 시공간좌표, **그곳**에서 떠나가는 순간의 시공간좌표, **다른 곳**에 도착하는 순간의 시공간좌표 — 를 미리 정해 놓고 있어야 한다. 그리고 정해진 값에 따라 정해진 길로 정해진 시간에 따라 변동 없이 움직여야 한다. 그러지 않으면 안 되는 이유는 스물네 가지 정도 되는데, 이를 간단하게 '죽지 않으려면'이라고 요약할 수 있겠다.

"그런데 너는 어쩌다가 우주여행자가 된 거야? 원래 지구인이었다며."

"'원래 지구인'이었다니? 나 지금도 지구인이야."

"어쨌거나."

"지구인도 얼마든지 우주여행자가 될 수 있거든. 나처럼."

현수가 지구별 방문자(우주여행자 가운데 지구인을 제외한 외계인)를 처음 만난 것은 여름방학을 얼마 앞둔 7월 9일 저녁. 아버지 담배 심부름을 갔다가 돌아오는 길이었다.

"거짓말. 초등학생이 무슨 담배 심부름!"

"그땐 다 그랬어."

골목길이 끝나가는 참인데, 눈앞에 노랗고 환한 불빛이 한가득 펼쳐졌다. 순식간의 일이었다. 그 강렬함! 그 아찔함! 그 영롱함! 그만 정신을 잃었던 모양이다. 깨보니 이상하게 생긴 비행선 안이었고 눈앞에는 그보다 더 이상하게 생긴 외계인이 탑처럼 우뚝 서 있었다. 2미터도 넘는 키에 빨간 앵무새 머리를 가진 시라칸 종족, 타루오였다.

– 나와 함께 우주여행을 떠나지 않겠니.

느닷없는 제안이었지만 현수는 감히 거절할 수 없었다. 두려워서는 아니었다.

– 수십억 지구인들 누구도 감히 상상해 보지 못한 세상으로 떠나자꾸나. 지구에서 가장 위대한 권력자도 만나보지 못한 지적생

너와 함께 우주여행을 떠나지 않겠니.

34

명체들과 어울리고, 지구에서 가장 명예로운 예술가도 들어보지 못한 춤과 음악을 즐기고, 지구에서 가장 부유한 재벌도 맛보지 못한 음식을 마음껏 먹게 될 거야. 하지만.

빨간 앵무새 머리 타루오가 눈썹을 세로로 깜빡였다.

– 일단 우주여행을 시작하면, 사랑하는 가족 친구들과는 오래도록 헤어져 지내야 한다. 아주 오래도록.

– 지구로는 영영 못 돌아오는 건가요?

– 그렇지는 않아. 우주여행자가 된 지구인들 대부분, 고향별이 그리워서 가끔 한 번씩 지구로 돌아오곤 한다. ……사나흘 머물다가는, 따분한 지구보다 볼 게 훨씬 더 많은 우주로 다시 여행을 떠나가곤 하지만.

– 갈래요. 나도 우주여행 하고 싶어요.

– 신중히 생각하고 결정하렴. 나중에 후회하지 않을지 말이야.

– 나 후회 안 해요. 후회 좀 하면 어때요.

안타깝다면 타루오가 말했듯 엄마 아빠에게 허락을 받거나 작별 인사를 건넬 틈조차 없다는 사실이었다. 타고 있던 우주선에서 내리지 않고 바로 태양계 밖으로 출발해야 했던 것이다. 그렇게 우주여행자가 된 지 두 달하고도 4일째. 매일 매순간이 SF영화 같고 상상수채화 속 풍경 같은 시간들이었다. 물론 늘 그렇게 좋은 것만은 아니었다. 때로는 멀리 떠나온 집이 그립고 엄마 아빠가 그리웠다. 친구들도 보고 싶었다. 아직 어린 5학년 현수에게 그것은 무척 가혹한 일이었다.

"5학년?"

잠자코 이야기를 듣던 교원이 버럭 외쳤다.

"너 5학년이었어?"

현수가 손을 내저었다.

"아아, 화낼 필요 없어. 너도 작년에는 5학년이었잖아. 재작년에는 4학년이었을 테고."

"어이없네. 너 계속 반말할 거야?"

뭐가 그렇게 재미있는지 꾸꾸루꾸꾸가 붉은 혀를 날름거리며 웃었다. 그리고 교원의 머릿속에 대고 속삭였다.

– 교원이 너, 화내니까 되게 귀엽다.

(우주여행의 첫 동반자 타루오와 현수는 한 달 전, 흰솜털제비꽃22 은하 산티우로노스K27의 67번째 우주정거장에서 헤어졌다. 동시에 현수는 지금의 동반자 꾸꾸루꾸꾸를 만났다. 빨간 앵무새 머리 타루 오와 잔털 가득한 호박 얼굴 꾸꾸루꾸꾸는 여러 모로 대조적인 구석

이 많은 파트너였다. 큰 키의 타루오가 지나칠 정도로 신중하고 무뚝뚝하며 말수가 적은 반면, 키 작은 *꾸꾸루꾸꾸*는 늘 명랑한 데다 지나치게 말이 많은 편이었다.)

"늦은 밤 골목길에서 타루오를 처음 만났던 때, 그래서 느닷없이 우주여행을 시작했던 때, 2013년이 아니라 1983년이었어. 그러니까 나는 1983년에 5학년이었던 거야."

"1983년? 얘가 점점 무슨 소리를 하는 건지."

뭔가 조금 난처한, 아니면 귀찮은 듯한 표정의 현수, 손가락으로 오른쪽 귀 뒤쪽을 득득 긁었다.

"맞아, 1983년도. 그때 교원이 넌 태어나지도 않았잖아. 안 그래?"

03

아, 머리 아파!

천재 과학자 M박사가 광속의 1/5 속도로 날아가는 엄청난 우주비행선(광속 1/5호)을 만들었어. 〔현재 지구인들이 만들어낸 가장 빠른 비행기는 우주왕복선 디스커버리호. 대기권을 탈출하기 위해 디스커버리호는 순간 초속 7.9km의 속도를 내야 하지. 서울에서 부산까지 1분 정도밖에 안 걸릴 만큼 빠른 속도야. 하지만 디스커버리호도 광속 1/5호에 비하면 KTX 철로 옆을 꾸물꾸물 기어가는 달팽이처럼 느릴 뿐이란다. 광속(빛의 속도)은 2.997×1010cm/sec, 초속 30만 킬로미터. 1초에 지구를 7바퀴 넘게 여행할 수 있는 엄청난 속도니까.〕

광속 1/5호를 타고 1년간의 우주여행을 마친 뒤 지구의 연구소로 돌아온 M박사, 뭔가 이상한 점을 발견했어. 자신이 가져간 핸드폰 달력으로 딱 1년을 여행했건만, 그새 연구소의 달력은 1년하고도 2개월이나 더 지나가 있었던 거야. 왜 이런 차이가 생긴 것일까? 〔두 가지를 가정해 볼 수 있을 거야. 그새 연구소(지구)의 시간이 더 빨리 흘러갔거나, 아니면 광속 1/5에서의 속도가 더 느리게 흘러갔거나. 어쨌거나 아인슈타인의 상대성이론을 들먹이지 않더라도-지구의 연구소와 광속 1/5호 사이에 2개월이란 시간의 균열이 생겼음은 분명한 일.]

1년 후 M박사가 피나는 연구와 노력 끝에 광속 1/5호를 업그레이드 했어. 예전보다 더 빨라진 광속 1/3호가 탄생한 거야. 광속의 1/3 속도로 지구 밖 우주여행을 떠난 M박사, 1/5호 때보다 '더 빠른 속도로 더 멀리까지' 우주 탐사를 할 수 있었지. 임무를 마치고 1년 만에 지구로 귀환한 M박사는 예전보다 더 놀라고 말았어. 자신이 여행한 1년 만에, 지구의 날짜가 1년 6개월이나 지나가 있음을 발견한 거야. '정확히 1년 동안 우주여행을 했다'는 박사의 주장에 연구소 직원들 모두 고개를 갸우뚱했지. 예정된 기간 안에 귀환하지 않아 많은 이들을 걱정하게 해놓고, 연락도 없이 6개월이나 늦게 돌아온 주제에 왜 저렇게 큰소리람?

이후로 광속 1/2호와 광속 2/3호 등 더욱 빠른 우주비행선이 속속 개발되었어. 그때마다 M박사는 더 빨라진 우주비행선으로 더 멀리 우주여행을 하고 돌아왔는데, 속도가 빠르면 빠를수록 지구와의 시간 격차는 점점 더 벌어졌음을 확인할 수 있었지. 새로운 우주비행선 개발을 잠시 미룬 M박사, 이런 궁리에 빠져들었대. 광속으로 여행하는 우주비행선이 만들어진다면, 나아가 광속보다 2배 빠른 우주비행선을 개발할 수 있다면, 그것을 타고 우주여행을 하고 온다면, 지구의 시간은 어떻게 되어 있을까? 아, 머리 아파!

겉모양은 축구공처럼 생겼으며 안은 텅 빈, 그래서 어디가 엔진이고 어디가 계기판이고 어디가 출입구인지 통 감을 잡을 수 없었던 타루오의 우주선을 타고 처음 찾아간 곳은 허무한다르아한다르 행성이었다. 주황색 하늘에 토성처럼 생긴 달이 세 개나 뜬, 피라미드 모양의 은회색 건물들이 도시마다 가득한, 아주 멋진 도시.

"지구를 떠나 그곳까지 일주일 정도 걸렸던 것 같아. 크게 불편한 건 없었어. 불편하긴. 아침에 눈을 떠 저녁에 잠들 때까지 온통 신기한 일들뿐이었는걸. 그런데 엄마가 보고 싶었어. 그렇게 오래 집을 떠나가 있기는 처음이었으니까."

현수가 다시 귀 뒤쪽을 득득 긁었다.

"내 마음을 눈치 챈 타루오가, 원한다면 지구로 다시 돌아가도 좋다고 하더라. 그러면서 예의 무뚝뚝한 말투로 충고하는 거야."

"뭐라고."

"네가 생각했던 것과는 많이 다를 거야. 마음 단단히 먹는 편

이 좋아."

가는 데 일주일 오는 데 일주일. 보름 만에 다시 돌아온 지구. 현수는 뭔가 크게 속고만 기분이었다. 납득이 가지 않았다. 그새 지구는 4년이라는 시간이 지나가 있었던 것이다.

"며칠 만에 4년이?"

교원이 소리 높여 되물었다. 그리고 'M박사 이야기'를 떠올려보았다. 이해는커녕, 멀미 날 때처럼 지끈지끈 골치만 아팠다.

– 우주에 놀라운 일들은 많아. 하지만 교원아, 따지고 보면 놀랄일이란 하나도 없단다. 우리와 친해지려면 그걸 먼저 깨닫는 게 좋을 거야.

길다란 꼬리를 살랑거리며 꾸꾸루꾸꾸가 말했다. 놀랄 일이란 하나도 없다고? 그게 가능해? 아니 어떻게? 교원이 되물었다. 아니, 그런 질문을 꾸꾸루꾸꾸에게 건네고자 온 신경을 집중했다. 하지만 텔레파시가 전달되는 느낌은 전혀 들지 않았다. 아, 이거 어렵네.

1987년. 마음의 각오라면 이미 충분히 했다고 생각했지만, 그럼에도 현수는 당황했고 또 황당했다. 타임머신을 타고 순식간에 미래 세상으로 건너온다면, 바로 이런 기분이겠거니 싶었다.

"세상 참 많이 변했더라. 컬러텔레비전도 아무 데서나 볼 수 있고, 88올림픽을 준비하는 호돌이 포스터도 여기저기 붙어 있고. 친구들은 모두 중학생들이 되어 있고."

꿈에 그리던 집 동네에 도둑처럼 찾아들었지만, 가슴 아프게도, 가족들에게 찾아가 아는 체를 할 수는 없었다. 간절한 마음을 다독거리며 먼발치에서 그들을 지켜보는 수밖에 없었다. 그 정도로 만족할 수밖에 없었다.

– 지구인들에게 돌이킬 수 없는 혼란과 위험을 불러올 거야. 너와 나의 힘으로는 막을 수 없는 혼란과 위험. 그것을 감당할 자신이 있다면 가족들에게 돌아가도 좋아. 내 말 알겠니?

엄중한 타루오의 경고. 그새 엄마 아빠는 많이도 늙으신 것 같았다. 아마도 나 때문일 거야. 하나 있는 아들 녀석이 어느 날 종적도 없이 사라졌으니. 그로부터 4년, 가족들이 얼마나 힘든 시간을 보

내었을지 충분히 짐작할 수 있었다.

한 해에 1만 명 넘게 실종되는 아이들. 이 가운데 일부는 영영 부모와 만나지 못하게 된다고 했다. 오래전의 '개구리 소년들' 이야기도 그 가운데 하나다. 여기저기 실종신고를 하고 전국의 파출소 고아원 미아실종센터도 찾아다니고, 신문사와 방송국에 쫓아가 전단지도 돌렸을 것이다. 경찰은 경찰 나름대로 유괴납치사건에 대한 수사를 벌였을 테고, 하지만 결국 단서를 찾을 수 없었을 것이다. 그리고 무려 4년이 지났다. 자포자기 체념한, 슬픔만 남은 어머니와 아버지의 얼굴.

지구로 돌아온 첫날 밤. 현수는 자신이 빠진 식구들의 저녁 식탁을 멀찌감치 고주파투시망원로 지켜보았다. 그리고 속으로 울었다. 한결

아빠와 엄마. 고등학생이 된 큰누나. 며칠 전에는 유치원생이었던, 그새 키가 부쩍 큰 여동생. 가슴이 먹먹해졌다. 당장 그 속에 끼어들고 싶었다. '엄마 아빠, 현수 왔어요!' 외치고 싶었다. 하지만 차마 용기를 낼 수 없었다.

4년 만에 가족들 앞에 나타난다는 것. 4년 전 실종되던 당시의 모습 그대로 가족들 앞에 선다는 것. 타루오의 말처럼 그것은 몹시 위험한 일이었다. 가족들 모두를 끔찍한 혼란에, 나아가 큰 위험에 빠뜨릴 수 있는 사건이었다.

아니다. 꼭 그래서만은 아니었다. 현수가 내심 걱정했던 문제는 또 있었다. 일단은 혼날 일이 무서웠다. 말 한 마디 없이 집을 나가다니! 엄마 아빠 얼마나 걱정한 줄 알아! 너 이놈의 자식 이제 집밖으로 한 걸음도 못 나갈 줄 알아! 학교도 다니지 마! 알았어?

혼나고 야단맞는 건 문제가 아니었다. 그 정도는 감수할 수 있었다. 가족들을 다시 만날 수 있다면, 그리운 가족과의 저녁밥상에 다시 앉을 수 있다면 말이다. 하지만 그 때문에 우주여행을 못하게 된다면, 아아, 그건 다시 생각해 봐야 할 일이었다. …… 안 돼. 그럴 수 없어!

우주여행. 지구인 5천 8백만 명 가운데 한 사람 꼴로 찾아오는 무지막지한 행운의 기회. 돈이 많고 권력이 높다고 얻을 수 있는 기회가 아니었다. 마침 지구에 들른 우주여행자와의 우연한 교감이 이루어져야 가능한 일이었다. 이런 일생일대의 행운을 쉽사리 놓칠 수야.

우주여행 2주(또는 4년) 만에 지구로 돌아와, 고작 며칠을 머문 뒤, 다시 타루오의 텅 빈 축구공 같은 우주여행선에 몸을 싣고 말았다. 가족도 친구도 다 있었지만 그들을 만날 수 없었다. 집에도 학교에도 갈 수 없었다. 더 이상 지구에 머물 이유가 없었다.

– 기분 어때?

– 별로에요.

태양계 저편으로 점점이 멀어지는 작고 푸른 별, 지구를 바라보며 현수가 한숨을 뱉었다.

– 타루오, 내가 다시 지구에 돌아올 날이 있을까요?

한참 만에 타루오가 대답했다.

– 그걸 왜 나에게 물어보지? 너의 마음에 달린 일인데.

"1987년. 아아, 그때가 생각나네. 불과 얼마 전 기억이긴 하지만."

현수가 과장스럽게 중얼거렸다. 고주파투시망원경으로 멀리 가족들을 지켜보던 이야기를 할 때의, 금방이라도 울 것 같은 그 표

정이 아니었다.

　"6월이었거든. 굉장했어. 무서워서 거리를 다닐 수가 없었지."

　"……."

　"대학생들과 양복 입은 직장인들이 아침마다 점심시간마다 퇴근

이후마다 거리로 쏟아져 나왔어. 힘차게 구호를 외치고 행진을 했어. 검은 갑옷을 입은 전경들은 최루탄을 마구 쏘며 그들과 몸싸움을 벌였어. 한 번은 나도 멋모르고 근처에 갔다가, 아휴, 최루탄 냄새가 얼마나 지독하던지. 눈물 콧물 쏟아지고 숨이 막혀서 죽는 줄 알았다니까. 그 무렵에 이한열이라는 대학생이 최루탄을 맞고 죽었어."

"그런 소리는 나도 할 수 있어. 인터넷에 1987년 6월항쟁이라고 치면 다 나오는 걸."

"뭐야. 그럼 내가 거짓말을 하고 있다는 거?"

"몰라. 모르겠어. 어쨌거나 믿기 힘들어. 사실 그렇잖아. 1987년이면 내가 태어나기도 전인데."

그때였다. 핸드폰 벨소리가 울렸다. 주머니에서 전화기를 꺼내든 교원의 얼굴이 어두워졌다. 집이다. 집에서 온 전화다. 그러고 보니 일곱 시 반이 넘었다. 시간이 언제 이렇게 되었담.

─ 여보세요.

─ 너 어디야.

엄마다. 퇴근한 모양이다. 그 목소리가 심상치 않다.

─ 나, 지금 집에 가는 길이지. 엄마 집에 왔어?

– 당연히 왔지. 오늘도 피아노 빼먹었니?

– 으응, 과학탐구 보고서 같이 쓰는 거 있어서, 보원이네 집에 있었어. 아까 할머니한테 전화로 허락 맡았…….

– 그놈의 보고서가 뭐라고 만날 그렇게들 몰려다녀? 구몬수학도 잔뜩 밀려놓고는! 저번 주에도 경서 생일이라고 같이 놀았잖아.

– 그게 아니라, 오늘은 진짜…….

수화기 너머로 쏟아지는 잔소리.

– 요새 왜 이렇게 제멋대로야? 하여간 혼날 줄 알아. 빨리 들어와!

전화를 끊은 교원이 시무룩해졌다. 짜증도 났다. 엄만 잘 알지도 못하면서. 체르니 50이랑 눈알 네 개 달린 우주여행자랑 어느 편이 더 중요하냐고!

"집에서 전화 왔구나. 혼났어?"

현수가 히히 웃었다.

"하여간 대단해. 우주여행도 물론 그렇지만, 가끔 지구로 돌아와서 이렇게 변한 모습을 보면 참 용하다는 생각이 든단 말이야. 이렇게 조그만 개인용 전화기가 다 만들어지고, 그걸 국민학생들까지 가지고 다니면서 엄마한테 원격으로 야단도 맞고. 나 때만 해도

참 상상 못할 일이었는데."

"국민학생 아니라 초등학생이야! 5학년 주제에 나이 먹은 척 하기는."

"나한테 화풀이는."

"아 몰라. 나 지금 가야 해!"

발딱 일어난 교원이 가방을 멨다.

"가자. 산 아래까지 바래다줄게."

"됐어. 나 혼자 갈 수 있어."

온갖 복잡한 고물 기계들의 불빛과 나직한 신호음들로 정신없는 판잣집을 나섰다. 숲속 공터에는 어둠이 한가득 내려앉아 있었다. 저편 등산길의 가로등과 멀리 아파트 불빛 덕분에 완전히 깜깜하지는 않았다. 교원을 뒤따라온 현수가 다급하게 말했다.

"참 있잖아, 그거, 언제 갖다 줄 수 있니?"

"그거, 라니."

"빨간 색 양철 상자."

"……."

"농담하는 거 아냐. 그 물건, 나 정말 필요하다니까."

짧은 순간 교원의 머릿속이 한없이 복잡해졌다. 그러고 보니 이상하네. 참 이상한 일이야. 도대체 그 상자가 어떤 물건일까. 그 안에 뭐가 들었을까. 그 상자가 왜 할머니의 방에 있을까. 아니, 현수는 왜 그런 물건이 할머니 방 안에 있으리라고 굳게 믿는 것일까.

…… 설마?

비 온 다음 날 땅바닥의 지렁이들처럼 꼬물꼬물, 온갖 이상하고 묘한 예감들. 엄마한테 혼날 걱정과 더불어 어서 빨리 집에 가야 한다는 조바심까지. 머리가 지끈지끈 아파왔다. 혹시라도 보원이네 집에 통화를 해보시면 어쩌지? 그럼 정말 큰일인데. 아, 짜증나.

"몰라, 나 갈 거야!"

숲길을 헤치며 내달리기 시작했다. 머릿속 어딘가에서, 꾸꾸루꾸꾸의 작별인사가 속삭이듯 들려왔다.

– 조심해서 가라 교원아. 또 만나자.

＃04

빨간 양철 상자의 비밀

헐레벌떡 집에 도착하니 8시 32분. 이틀 연속으로 피아노를 빠진 데다 구몬수학은 대략 사흘 치를 밀렸으며, (보원이네 집에서 보고서를 쓴 게 사실이라고 쳐도) 너무 늦은 귀가시간. 그럼에도 다행히 '아주 많이' 혼나지는 않았다. 항상 이렇다. 어른들의 혼내는 패턴은 너무 복잡해서 예측이 불가능할 정도다. 정말로 잘못해서 크게 혼날 줄 알고 걱정할 때는 뜻밖에 별 탈 없이 넘어가고, 별것 아니라고 생각했던 일에는 눈물이 찔끔 날 정도로 된통 혼이 나고.

물론 전혀 아무 일도 없었던 것은 아니다. 밥은 먹었냐는 말씀에, 차마 저녁을 굶을 수는 없었으므로, 과자 같은 거 대강 먹었다고 얼버무렸더니, 씻고 나오자 식탁에 저녁이 차려져 있었다. 슬그머니 자리에 앉아 홀로 늦은 저녁을 먹기 시작했다. 그러자 아니나 다를까 예의 잔소리가 무지막지 쏟아져내렸다. 엄마 가게 일도 바빠 죽겠는데 네 일은 네가 알아서 좀 해야 하는 거 아니냐. 그날 할

공부 미루지 말고 그날 끝내라고 초등학교 3학년 때부터 노래를 부르지 않았냐. 곧 있으면 중학생인데 언제까지 이런 잔소리를 되풀이해야 하느냐. 자꾸 이러면 다음 달에 아빠 돌아왔을 때 다 일러바칠 거다. 거기에 더해 이어지는, 할머니의, 엄마를 향한, 말리는 것도 부추기는 것도 아닌 한마디. 애들이 다 그렇지 뭐, 너도 어렸을 땐 똑같지 않았니?

속에서 부글부글 끓어오르는 반항의 말대꾸들을, 교원은 밥과 함께 꿀꺽꿀꺽 삼켰다. 이럴 때 조용히 들어주는 편이 훨씬 나았다. 그래야 상황을 빨리 마무리할 수 있었다. 엄마, 순서도 틀리지 않은 잔소리, 지겹지도 않아? 나도 내 일은 내가 알아서 하고 싶어요. 그러니 조용히 좀 믿어줘요. 살다 보면 가끔은 오늘 같은 날이 있을 수도 있는 거라고요.

밤 10시 30분. 고등학교 1학년 오빠가 학원에서 막 돌아온 시간. 할머니가 잠자리에 들기 전에 마지막으로 화장실에 간 시간. 마루 소파에 반쯤 드러누운 엄마가 소리 죽여 연속극을 보는 시간. 교원이 슬그머니 할머니 방에 들어섰다. 시간이 많지 않았다. 재빨리. 조용히. 신속히. 나쁜 일을 하고 있다는 생각은 들지 않았다. 그럼

에도 가슴이 두근두근 몹시 뛰었다. 불을 끈 방 안은 몹시 어두웠다. 두툼한 이불이 깔려 있고, 머리맡에는 몇 종류 약과 휴지, 물주전자가 놓여 있는 할머니의 잠자리.

먼저 화장대 앞에 쪼그려 앉았다. 서랍과 여닫이문을 차례로 열고 그 안을 더듬어 살핀다. 상자는 없다. 다음으로 장롱. 세 칸 중에 하나는 이불장이고 두 곳은 옷장이다. 장롱 안 구석구석을, 서랍장을 하나하나 열어 살폈다. 양철 상자 같은 건 어디에도 보이지 않는다. 손끝에 만져지는 건 까슬까슬한, 보드라운, 매끈한, 다양한 옷과 천의 감촉뿐.

없는 건가.

현수란 아이의 장난스러운 눈빛, 이상한 말투, 촌스러운 옷차림이 절로 떠올랐다. 새삼 뭐에 홀린 기분이었다. 아이의 거짓말에 깜빡 속고만 것일까. 그러면 그렇지. 모두 다 헛소리였어. 할머니의 방 안에 그 아이가 찾는 물건이 있을 리 없잖아. 할머니의 방 안에 뭔가 뜻밖의 물건이 숨겨져 있다 해도, 그걸 이상한 아이가 알고 있을 리 없잖아. ……그런데 정말?

교원의 눈길이 방 안 저편으로 향했다. 구석 자리에 검게 웅크린 나무 궤짝. 반닫이였다. 늘 그곳에 있었지만, 할머니를 비롯한 누구도 손을 대는 것을 본 적이 없는 물건. 늘 거기 있어왔지만, 그래서 없는 것이나 마찬가지라고 할 수 있을 물건.

다가가 새삼 반닫이를 살폈다. 할아버지 할머니, 아빠와 엄마, 오빠와 어린 교원이 함께 찍은 사진 액자가 반닫이 위에 비스듬히 기대어 세워져 있다. 먼지가 조금 낀 채로.

이 안엔 뭐가 들어 있을까. 녹슨 자물쇠를 여느라 한참을 고생해야 했다. 손바닥에 진땀이 다 배었다. 그만둘까 생각도 들었다. 그러다가 절그럭, 자물쇠의 고정 막대를 겨우 벗겨내는 데 성공했다. 두꺼운 나무문판을 아래로 내려 열었다. 그 안에 조심스럽게 손을 넣어 더듬어보았다. 왠지 찜찜했다. 장롱 서랍을 뒤질 때와는 달리, 뭔가 조금 두려웠다. 설마 이 안에, 살아 있는 생물 같은 게 들어 있지는 않겠지. 조심스러운 손끝에 가장 먼저 만져지는 것은 한복, 고이 개켜진 한복이었다. 한복은 한복인데 지난 추석에 입으신 것과 다른, 무척 오래되어 보이는 한복이었다. 그리고 한복 뒤편, 모서리 구석에 딱딱하고 매끈한 감촉.

아.

교원이 소리 없는 탄성을 질렀다.

상자다. 동그란 양철 상자. 이상한 아이가 말하던 물건이 분명했다. 가슴이 다시 콩콩 뛰었다.

여러 가지 쿠키 사진이 인쇄된, 수입 쿠키 상자였다. Angel's Cookie라는 글자가 새겨져 있다. 아이가 말했던 물건이 과연 할머니의 오래된 반닫이 안에서 나오다니. 더없이 놀랍고 신기한 순간이었건만, 교원은 피식 웃음부터 났다. '영어로 뭐라고 막 써 있다'고? 이 쉬운 영어도 못 읽다니.

정체를 숨기고 살아가는 영화 속의 비밀 첩보원처럼, 살며시 방문을 열어 마루의 기척을 살폈다. 할머니는 아직 화장실에 계시고, 소파에 누운 엄마는 TV 연속극에 폭 빠져 있으며, 오빠는 자기 방에 들어간 것 같았다. 양철 상자를 등 뒤에 숨기고 아무렇지도 않은 척 방문을 나섰다. 할머니 방에서 화장실 앞을 지나쳐 교원의 방까지는 대략 열다섯 걸음. 잰걸음으로 소리 죽여 마루를 가로질렀다. 방에 들어가 살며시 문을 잠갔다.

뭐라 표현 못할 야릇한 기분. 조심스럽게 양철 상자의 뚜껑을 열었다. 느닷없는 의문이 떠올랐다. 이 뚜껑이 마지막으로 닫힌 게 언제일까?

상자 안에 든 물건들은, 첫눈에 보기에도 구닥다리 잡동사니들

뿐이었다. 언젠가 아빠와 인사동에 놀러갔을 때, 아빠 어렸을 때 가지고 놀았다는 중고 장난감들을 파는 가게에서 본 것 같은 물건들. 유치한 만화가 잔뜩 그려진 종이 딱지. 새총. 노란색의 비닐 이름표. '역촌'이라는 학교 이름은 인쇄된 것이고 그 아래의 '5-10 문현수'는 사인펜으로 직접 쓴 글씨다. 가슴 한복판에 V자가 새겨진 플라스틱 로봇. 장난감 총. 상처가 많이 나서 반짝거리지도 않는 유리구슬 몇 알. 입구가 봉해진 편지가 여러 통 있었다. 양철호에게. 성지웅에게. 이기제에게. 전용상에게. 문현수에게. 여러 사람이 쓴 듯, 서로 다른 서체로 꾹꾹 눌러쓴 연필 글씨들. 우편번호도 안 적혔고 우표도 붙어 있지 않았다. 몇 장의 사진이 교원의 시선을 잡아끌었다. 하나는 독사진이다. 개나리 만발한 담벼락 밑에 선 어느 꼬마아이가, 햇살에 눈이 부신지 미간을 살짝 찌푸리고 있다. 또 한 장은 그 또래의 아이들 몇이 나란히 서서 찍은 사진이다. 역시 볕 좋은 봄날, 어느 초등학교 정문 근처인 것처럼 보인다. 낡은 사진 두 장에서, 교원은 낯익은 아이를 발견할 수 있었다. 현수. 5학년 10반 문현수. 늙은 호박처럼 큰 얼굴에 눈알이 네 개나 달린 우주여행자 꾸꾸루꾸꾸와 함께 있던 아이.

슬펐다.

교원은 왠지 슬펐다.

알 수 없는 노릇이었다.

"엄마."

"왜."

"연속극 재미있어?"

소파에 기대어 누운 엄마, TV에 시선을 고정시킨 채 웅얼거렸다.

"또 왜. 뭘 조르려고."

"조르는 거 아냐."

"그럼."

"물어볼 게 있어서."

"뭘."

뭐라고 해야 하나. 무슨 말을 먼저 꺼내면 좋을까. 역촌국민학교 문현수가 누구야? 엄마도 문 씨잖아. 혹시 옛날에 잃어버린 남동생이라도 있는 거 아냐? 그렇게 물어도 좋을까. 빨간 앵무새 머리 타루오의 말처럼, 그러다가 '돌이킬 수 없는 혼란과 위험'이 찾아오는 건 아닐까.

"말해. 뭔데."

"이건 그냥 궁금해서 하는 말인데, 으음, 우리 가족이나 친척 중에서, 혹시 그런 사람 없었어?"

"그런 사람이라니."

"유괴를 당했다든가. 납치되어 영영 실종이 되었다던가."

TV를 향해 고정되었던 엄마의 얼굴이, 장난감 로봇처럼 드르륵, 교원을 향해 돌아갔다.

"너 그거 무슨 말이야?"

느닷없는 진지함이, 심각함이, 의아함이 가득 차오르는 엄마의 눈빛. 교원은 순간 찔끔했다. 쓸데없는 소리를 꺼낸 건 아닐까.

"무슨 말이긴. 연속극에도 그런 이야기 많잖아. 어느 날 갑자기 누군가 종적도 없이 사라지고, 세월이 한참 지나서는 또 갑자기 성공한 재벌이 되어서 다시 나타나고. 그런 TV프로그램도 있잖아. 어렸을 때 잃어버린 가족을 찾는."

"말 돌리지 말고 똑바로 이야기해. 이모가 그러든?"

"아니."

"그럼 할머니가 그랬어? 뭐라고 했니. 말해봐."

"아무 말 안 했다니까."

달리 방법이 없다. 시치미를 떼는 수밖에.

"엄마 이상하다. 왜 그래? 뭐 놀랄 만한 비밀이라도 있는 거야?"

그때였다. 화장실 문이 열리고, 할머니가 젖은 수건으로 손을 닦으며 나오셨다. 그쪽을 힐끔 바라본 엄마가 목소리를 낮추고 중얼거렸다. 하여간 너, 조용히 입 다물고 있어. 쓸데없는 소리 하지 말고.

늦은 밤. 온 집 안이 조용해진 시간.

교원은 간만에 안방으로 가 엄마 침대 옆에 누웠다. 혼자 잠을 자기 시작한 것은 4학년 2학기, 방에 침대를 들여놓으면서였다. 그 이후로 이런 경우는 한 달에 한 번이나 있을까 말까 했다. 불 꺼진 안방 침대에 누우면, 큰길 쪽이 가까워서 그런지 차 소리가 은은하게 들려왔다. 그리고 이따금 천장 벽지에 나무 그림자가 만드는 물결무늬가 스쳐가곤 했다. 나무의 영혼들이야. 자기들의 고향 집으로 돌아가는 거지. 터키 파묵칼레란 곳에 두 달째 출장 가 있는 아빠는 언젠가 그렇게 말했었다. 지어낸 말이라는 걸 다 알면서도, 교원은 그 이야기가 왠지 슬프게만 들렸다.

아빠가 없어 더욱 넓은 침대에 단 둘이 누워, 교원은 엄마로부터 많은 이야기를 들었다. 태어나 처음 듣는 이야기. 지금까지 세상 누구에게도, 특히 식구들 누구에게도 들어보지 못한 집안 이야기를. 그것은 낮에 만났던 이상한 아이, 이제는 외삼촌이라고 불러야 할지도 모르는 문현수의 이야기와 거의 일치했다. 그 아이에겐 고작 2개월 전의 일들이, 다른 식구들에게는 30년 전의 가슴 아픈 기억이라는 차이점을 제외한다면 말이다.

요즘이야 미성년자에게 술 담배를 판매하는 게 엄격히 금지되어 있지만 예전에는 그렇지 않았거든. 그러거나 말거나, 아니 열두 살밖에 안 된 아이인데 그 밤중에 담배 심부름을 시키다니. 돌아가신 할아버지는 그 일 때문에 평생을 할머니한테 미운 소리만 듣고 사셔야 했단다……

어느 날 밤, 집 앞에 심부름을 나갔다가 실종된 국민학교 5학년짜리 동생. 1983년 7월 초. 일순간 쑥대밭이 되다시피 한 (중학생이던 엄마가 기억하는) 그즈음의 참담한 가족 분위기. 경찰 아저씨들이 집에 와 살다시피 했던 나날. TV 뉴스에도 나올 만큼 사회적인 관심을 받았던 실종사건. 곧 돌아오리라, 결국은 해결되리라 믿었던 막연한 기대들. 그러나 일주일이 지나고 한 달이 지나고, 1년이 지나도 5년이 지나도 풀리지 않은 수수께끼 실종사건. 그렇게 조금

씩 잊어져간, 식구들의 가슴 깊은 곳에 남아 조금씩 희미해지고 만 어느 아이의 이야기.

옆자리에 누운 엄마의 목소리는 꿈결에 듣는 노랫소리처럼 아련했다. 그리고 교원은 슬퍼졌다. 자꾸만 슬퍼졌다. 자신들의 고향 집으로 돌아가는 나무의 영혼 이야기를 들을 때처럼.

05

그림자 교원

금요일. 3교시 체육시간.

6학년 반 대항으로 이틀째 피구를 하는 날이다. 토너먼트로 3등 안에 들면 선생님이 과자파티를 열어주시기로 했다. 어제는 3반을 2:0으로 기분 좋게 이겼다. 오늘 경기만 잘하면 등수 안에 들 터였다. 화창한 가을 날씨. 아이들은 신이 났지만 교원은 그저 귀찮았다. 선생님의 목소리도 아이들 웃음소리도 도통 귀에 들어오지 않았다. 자꾸만 교문 쪽을 바라보게 되었다.

1교시 사회시간도 2교시 과학시간도 마찬가지. 아침부터 교원의 머릿속은 단 한 가지 생각으로 근질근질 가려웠다.

현수. 지금 뭐하고 있을까.

뒷산 그 꼬질꼬질한 판잣집에서 애타게 내 소식을 기다리고 있을까.

가방 속에 문제의 양철 상자가 고이 모셔져 있다. 아침에 집에서 몰래 가져온 물건이다. 뭐가 그렇게 잔뜩 들었니? 무겁지 않아? 출근길에 함께 집을 나서며, 유난히 불룩한 책가방을 보고 엄마가 말했었다. 교원은 태연하게 거짓말을 했다. 도서관에서 빌린 책 반납하는 거야. 하나도 안 무거워. 할머니가 눈치 채시지는 않겠지. 오늘따라 갑자기 반닫이를, 평소에는 거들떠 보지도 않던 그 물건에 갑자기 손을 대시는 건 아니겠지.

그 물건을 학교까지 가져오다니, 아무리 생각해도 우스운 노릇이었다. 방 안에 숨겨놓고 나오자니 왠지 발이 떨어지지 않았지만, 그렇다고 할머니 방의 반닫이 안에 다시 넣어두기도 그랬지만 말이다.

학교 끝나고 뒷산 그 판잣집으로 찾아가야 하나. 그러려면 적어도 4시는 넘을 거야. 그때까지 기다려야 하는 건가. 현수가 엄청나게 기다리고 있을 텐데. 아니, 그런데 내가 왜 이렇게 조바심을 내야 하는 거지?

어느덧 점심시간이다. 시끌벅적 귀가 따가운 식당 안. 좋아하는 닭강정이 나왔지만 하나도 즐겁지 않았다. 식판을 들고 빈자리에 앉았다. 저편 창가 자리에 앉은 보원이와 가영이를 보았지만 그쪽으로 가고 싶지 않았다. 한가하게 웃고 떠들 기분이 아니었다. 시무룩하게 젓가락을 집어 드는 순간, 누군가 교원에게 말을 건넸다. 귀가 아니라 머릿속에서 들려오는 목소리.

– 교원아.

현수였다. 반갑다기보다 깜짝 놀란 교원이 고개를 쳐들었다. 물론 식당 안에 현수가 있을 리 없었다. 어디 있니? 지금 어디야? 머릿속을 집중해 그렇게 텔레파시를 보내본다. 어떻게 한다고 했더라, 상대방에게 내 마음을 보내듯? 간절히 기도를 하듯? 그러나 마음이 어딘가로 보내지는, 그런 느낌은 들지 않았다.

– 교원아. 내 말 들리지? 여기 학교 후문 앞이야. 잠깐 나올 수 있니?

반찬 냄새 요동치는 식당에서 빠져나왔다. 가슴에서 둥둥 북소리가 났다. 부리나케 복도를 달리던 교원이 아차, 걸음을 멈추었다. 발길을 돌려 다시 교실로 갔다. 가방 안에서 양철 상자를 꺼내 들고는 바삐 교실 밖으로 달렸다. 아이들의 의아한 눈빛이 뒤통수에 콕콕 꽂히는 것 같았다.

학교 후문. 개미문구 건너편 골목. 일찌감치 점심을 먹고 운동장으로 나온 아이들의 목소리들이 담 너머까지 이어지고 있다.

"교원아, 여기!"

빠르고 나직한 목소리에 고개를 돌렸다.

어라?

눈을 의심하고 말았다. 그 상황을, 그 장면을, 그 현상을 어떻게 설명할 수 있을까. 문구점 건너 학교 담벼락이 이어지는, 휴지통이 있고 은행나무가 있는 어름이다. 텅 빈 '공간'을 마치 영화 스크린처럼 '찢고', 그 사이로 현수가 상체를 내밀고 있다. 손을 힘차게 흔들어댄다.

"빨리 와. 이쪽으로."

엉겁결에 다가가 보니 더욱 납득이 가지 않는 장면. 현수의 상체 반 토막이 허공에 붕 떠(?) 있었다.

"뭐해. 들어오라니까!"

현수가 손목을 세차게 잡아당겼다. 순식간에 꼬꾸라지듯 끌려들어간 공간. 아담한 차 안이었다. SF영화 속 소형 비행선 같기도 하고 놀이공원의 범퍼카와 비슷하기도 한, 하지만 그보단 조금 넓고 안락한 실내. 차창 밖으로 개미문구 앞 풍경이 훤히 내다보였다. 이게 투명자동차 같은 건가?

― 빛의 반사와 굴절을 이용한 원시적 스텔스 기술이지. 교원이 안녕?

운전대에 앉은 꾸꾸루꾸꾸가 꼬리를 살래살래 흔들었다. 교원도 꾸꾸루꾸꾸에게 손을 들어 보이며 헤헤, 어색하게 웃었다.

"오오! 이거!"

현수가 거의 괴성을 질렀다. 빨간 양철 상자를 발견한 것이다. 교원에게서 상자를 빼앗더니 와락 품에 안고는 다정하게 뺨을 비비고 쓰다듬는다. 아아, 너 정말 오랜만이다. 그렇게 중얼거린다. 지그시 눈 감은 그 얼굴에 안도감이, 행복감이 가득했다.

"그 물건이 버려지지 않았으리란 걸, 할머니가 여태 보관하고 있으리라는 걸 어떻게 알았어? 무슨 이유라도 있었어?"

"나도 몰랐어. 그냥 믿었을 뿐이야."

현수가 나직이 대꾸했다.

"나한테는 정말로 소중한 물건이거든. 내가 정말 소중하게 생각하는 게 뭔지, 엄마라면 잘 알고 있었을 테니까."

엄마라니. 이 조그만 녀석이 우리 할머니를 엄마라고 부르다니. 아이고 머리야.

"그런데 난 있잖아, 이해가 안 가."

"뭐가."

"그깟 종이딱지랑 유리구슬이 뭐라고. 장난감 로봇은 또 뭐고."

"뭐야, 열어봤어?"

"몇천만 광년을 거슬러서 지구로 돌아온 게 고작 그런 잡동사니 때문이었다니. 도무지 이해가 안 간다고."

"누굴 이해한다는 게 쉬운 일이 아니지. 자기 일처럼 노력하기 전에는."

"뭐래."

"어쨌거나 정말 고맙다. 덕분에 이 삼촌이 고민거리 하나 줄었어."

"삼촌 좋아하네. ……그럼 나, 가볼게."

"참. 지금 점심시간이지? 빨리 가봐야겠네. 점심 굶지 않으려면."

"걱정 마셔."

"수고 많았어. 잘 가라 조카."

"흥."

손잡이를 잡아 열던 교원, 잠깐 망설였다. 아아. 한숨이 절로 나왔다. 싫다. 이거 정말 싫어. 학교로 돌아가야 하다니. 날이 이렇게 좋은데. 투명자동차를 탄 우주여행자들을 놓아두고 교실로 돌아가야 한다니. 아무 일도 없는 것처럼 5교시를 맞고 수학 주말평가시

험을 봐야 한다니. 도대체 이게 말이나 되는 노릇이야?

"가지 마. 가기 싫으면."

등 뒤에서 현수가 말했다. 교원의 마음을 훤히 꿰뚫어보고 있었던가.

"같이 놀자. 오후 수업 빠지고."

"……놀긴 뭘 하고 놀아."

말은 그렇게 했지만 귀가 쫑긋 움직이는 기분이었다. 꾸꾸루꾸꾸가 뾰족하고 검은 코를 꼬물거리며 웃었다.

– 학교에 있는 것보다 124.6배는 재미있을 걸. 꾸꾸루꾸꾸–, 꾸꾸루꾸꾸– 빨로마–.

그야 두말하면 잔소리다. 뭘 한들 학교보다 재미없기가 쉬울까? 점심시간이 끝나고 나면 5교시 수학, 6교시 국어. 게다가 ……. 머릿속이 다시 복잡해진다.

"하지만."

교원이 시무룩하게 중얼거렸다.

"곧 수업 시작할 거라고. 어떻게 빠져. 당장 엄마한테로 전화가 가고, 아주 난리도 아닐 텐데."

"방법이 있어."

"무슨 방법."

"수업은 그림자 교원이한테 대신 들으라고 하면 되지."

"그림자 뭐?"

현수가 계기판 아래 키보드를 타닥타닥 두드렸다. 그러자 꾸꾸루꾸꾸가 앉은 조수석 뒤쪽에, 다시 말해 교원의 옆자리 창문틀에 위잉 철컥, 수도 꼭지 같은 것이 두 개 튀어나왔다. 이게 뭐지? 수도 꼭지에서 치약 비슷한 뭔가가 주룩주룩 쏟아졌다. 물컹하고 끈적끈적한 점액질이다. 그게 바닥에 흘러내리지 않고 한데 뭉쳐졌다. 그리하여 교원의 옆자리에, 순식간에 사람 크기의 뭔가가 한 덩어리 만들어졌다. 커다란 젤리, 아니면 푸딩 같았다.

"이게 뭐야?"

"단백질 덩어리. 자기복제 세포로 이루어진."

"단백질 덩어리라니…… 아야!"

교원이 미간을 찌푸렸다. 현수가 느닷없이 머리카락을 뽑은 것이다. 한 가닥도 아니고 대여섯 가닥을 한꺼번에.

"미안. DNA 좀 채취했어."

머리카락 몇 가닥을 반투명한 젤리 덩어리에 쏙 꽂아 넣는다.

"기다려봐. 재미있는 거 보여줄게."

단백질 덩어리가 푸드득, 요동쳤다. 이것 봐라? 머리카락을 삼킨 그 부위부터 색깔이 조금씩 변하기 시작한다. 검은색으로 변했다가, 투명한 노란색으로 발광했다가, 밝은 빛이 가라앉으며 연한 분홍색으로 변한다. 색깔뿐 아니다. 모양도 변하고 있다. 볼록볼록, 오목오목, 늘어나고 줄어들고 길어지고 짧아지고 뒤틀리고 꼬이고, 그러다가 눈이 되고 코가 되고 입이 되고 귀가 되고, 얼굴이 되고 목덜미가 되고 팔과 다리가 된다. 채 2분도 되지 않는 시간이었다. 젤리 같고 푸딩 같은 덩어리가 이내 사람의 모습으로 변했다. 바로 교원 자신의 모습이다. 머리 모양부터 옷차림까지도 똑같았다.

"오 마이 갓."

교원이 입을 떡 벌렸다. 꿈이라면 참 황당한 꿈이로구나. 갑자기 메슥메슥 토할 것 같았다.

"단백질 유기화합 복제 물질이야. 닮은 것 같니?"

"닮은 정도가 아니네. 으아."

"아직 놀라긴 일러. 교원이 너 몇 반이지?"

"6학년 4반."

현수가 교원 옆자리의 교원 닮은 물건을 향해서 나직이 중얼거

렸다.

"자, 네 이름은 교원이야. 6학년 4반 한교원. 이제 교실로 돌아가. 오후 수업이 시작될 거야."

그림자 교원이 감았던 눈을 떴다. 무표정하던 얼굴에 생기가, 뭐라 표현 못할 이상한 생기가 감돌았다. 이상하게 미소 지은 그림자 교원이 입을 열었다.

"자, 내 이름은 교원이야. 6학년 4반 한교원. 이제 교실로 돌아가. 오후 수업이 시작될 거야."

소름이 오싹 끼쳤다. 자신을 꼭 닮은 복제인간이 '약간 어눌한 목소리로' 그렇게 중얼거리는 장면을 가까이서 지켜본다면, 누구라도 기분이 썩 좋지만은 않을 터였다.

투명자동차 밖으로 나선 그림자 교원. 학교 후문 안으로 사뿐사뿐 사라져 갔다. 내 걸음걸이가 저랬던가? 그 뒷모습을 지켜보는 교원은 불안했다. 몹시 불안했다.

"쟤가 정말 나를, 내 역할을 대신 하는 거야?"

"오후 다섯 시까지만."

"수업도 듣고? 선생님이 물어보시면 대답도 하고? 남자애들 썰렁한 농담에 욕도 해주고?"

"그렇다니까."

"잘 해낼 수 있을까? 바보 같은 짓을 해서 놀림만 받는 거 아냐?"

"걱정 마. 너보다 나을 테니까."

현수와 꾸꾸루꾸꾸가 서로를 바라보더니 어깨를 으쓱, 해보였다.

"아, 솔직히 너보다는 못하겠지. 아무렴."

교원의 외모만 복제된 것은 아니라고 했다. 교원의 성격, 평소 말하고 행동하는 습관, 학습능력, 기억 등 '몸 안팎에 저장된' 정보들까지도 거의 대부분 그림자 교원에게 '덧씌워졌다'는 것이다. 지금 당장은 세 살 정도의 지능밖에 되지 않지만, 잠시 뒤 교실로 돌아가 자기 자리에 앉을 즈음엔, 적어도 6학년 수학수업을 소화할 수 있는 열세 살의 지능으로 발달할 거라고 한다. 경우에 따라 조금 늦어질 수도 있지만 말이다! 자기와 똑같은 사람이 한 명 더 생겼다고 걱정할 필요는 없다. 네 시간 정도 지나면, 생체결합 에너지가 다한 그림자 교원은 조용히 사라질 것이었다. 학교 밖 어딘가 누구의 눈에도 띄지 않는 곳에 숨어들어, 길바닥에 떨어진 아이스크림 덩어리가 녹아 없어지듯이.

"기분 정말 이상해. 그림자 교원도 생각을 할까?"

"물론이지. 느끼고 사고하고 판단하지. 지금 너처럼."

"그렇다면…… 아, 헷갈리네."

"뭐가."

"그림자 교원은 자신을 교원이라고 생각할까 아니면 그림자 교원이라고 생각할까? 나를 보면, 그림자 교원은 어떤 생각을 할까? 나를 복제된 그림자 교원이라고 생각하지 않을까?"

– 철학적인 질문이네.

꾸꾸루꾸꾸가 빨갛고 촉촉한 혀를 날름거렸다.

– 진짜는 뭐고 가짜는 뭘까. 가짜가 진짜를 향해 '너는 가짜야'라고 한다면, 진짜는 가짜에 과연 어떤 주장을 할 수 있을까……. 답은 질문 속에 이미 들어 있는 것 같은데?

우우우웅.

나직한 엔진 소리. 이윽고 투명자동차가 두둥실, 공중으로 떠올랐다. 1미터. 2미터. 3미터. 투명한 바닥 아래가 훤히 비치는 바람에, 그야말로 온몸이 붕 뜨는 기분이었다. 5미터. 7미터. 9미터. 차창 아래로 개미문구 지붕이 보이고, 운동장이 보이고, 이윽고 학교

건물이 조그맣게 내려다보였다. 어지러웠다. 현수가 밝은 목소리
로 말했다.

"쓸데없는 소리 말고 드라이브나 하자. 참, 우리 뭐 좀 먹어야 하
지 않을까?"

06

서울광장의 사람들

5교시가 막 끝났을 시간이다. 복도가, 운동장이, 무엇보다 교실 안이 엄청나게 소란스러울 것이다. 웃음소리. 고함소리. 발소리. 책상 두드리는 소리. 투명자동차를 타고 유유히 하늘을 비행하며, 발밑 까마득히 내려앉은 시내 거리를 한가로이 내려다보며, 교원은 내내 설레고 또 불안했다. 늘 있는, 있어야 하는 장소에서 멀리 떨어져 시간을 보낸다는 것은 이처럼 설레고 또 불안한 일인 모양이다.

　5학년 1학기에, 4월 초였던가, 갑자기 눈물이 나도록 머리가 아프고 열이 오른 적이 있었다. 꾀병이 아니었다. 정말이지 도저히 수업을 받을 수 없을 만큼 아프고 기분이 안 좋았다. 보건실 침대에 누워 남은 오후 시간을 보내야 했다. 그날, 창가에 놓인 꽃병을 멍하니 바라보다 수업 시작 종소리를 들으며 이 비슷한 기분을 느낀 적이 있었다. 왠지 설레고, 또 조금은 불안한.

금요일 오후.

지상 35미터 상공에서 까마득히 내려다보이는 세상.

화창한 가을날이었다. 반듯하게 뻗어 있는 거리도 길을 가로지르는 차량들도 사람들도 모두 장난감처럼 보였다. 꼬물꼬물 움직이는 장난감들을 내려다보며 교원은 생각했다.

저 속에, 외계인들이 얼마나 숨어 있을까.

저 속에, 외계인들을 만난 사람들이 얼마나 숨어 있을까.

거의 모든 지구인들은 믿으려 하지 않겠지만 지금 이 순간, 여러분이 이 글을 읽는 바로 이 순간에도, 지구상에는 극히 다양한 우주시공간에서 찾아온 지적외계생명체(Extra Terrestrial : 외계인, 지구별여행자, 지구에 찾아온 우주여행자)들이 살아가고 있어. 극히 다양한 방식으로 자기 정체를 숨긴 채, 인간 혹은 다른 생명체의 모습을 빌어서 말이야. 2천 5백 년 전에도 그랬고 2천 5백 년 후에도 그러하겠지.

거의 모든 지구인들은 믿으려 하지 않겠지만, 아주 오래전부터 지금 이 순간까지, 뜻밖에 적지 않은 지구인들이 '그들'과 친밀한 관계를 유지하며 살아오고 있단다. 거리에서, 학교에서, 학원에서, 마을버스에서, 엘리베이터 안에서, 알게 모르게 스쳐가는 이들이 바로 '그들'이었고, '그들'이고, '그들'일 거야. 개중에는 잘 알려져 있지만 스쳐가기는 쉽지 않은 유명인들 - 칼 세이건, 마이클 잭슨, 박지성, 김연아 등 - 도 있어.

"맙소사. 김연아? 정말?"

동그랗게 놀란 교원의 눈. 덕분에 기분 좋아진 꾸꾸루꾸꾸가 꼬리를 흔들며 헥헥 웃었다.

"그렇다니까. 더 놀라운 사람 말해줄까?"

생김새도 언어도, 저마다 떠나온 고향별도, 지구에 찾아온 이유와 목적도 각자 다른 '그들'에게는 공통적으로 지켜지곤 하는 제1원칙이 있어. 지구인들에게 자신의 숨은 존재를 함부로 노출하지 않는 것! 거의 모든 지구인들이 평생 '그들'의 정체를 모른 채 살아갈 수밖에 없는 이유 가운데 하나가 바로 이것이지. 하지만, 예외 없는 원칙이 없다는 말처럼 제1원칙이 늘 철저하게 지켜지는 것은 아니야. 지구에 찾아오는 수많은 '그들' 중 일부는 소수의 선택 받은 지구인들에게 은밀히 자신의 정체를 드러내왔거든. 이 은밀한 사건들은 지구 역사가 획기적으로 발전하는 순간마다 늘 핵심적인 역할을 (은밀히) 담당해 왔단다. '그들'이 소수의 선택 받은 지구인들에게 남몰래 자기 존재를 고백하는 이유 - 목적은 다양해. 세상 모든 고백의 이유 – 는 목적만큼이나 다양하지. 불치의 병에 걸린 지구인을 살려내기 위해 자신의 존재를 드러내는 '그들'도 있어. 많은 이들을 위험에 빠뜨리는 나쁜 사람의 행동을 막기 위해 자신의 존재를 드러내는 슈퍼맨 같은 '그들'도 있어. 생체실험과 해부학표본을 얻기 위해 지구인 앞에 자기 모습을 드러내는 무시무시한 '그들'도 있어. 그런가 하면 함께 우주여행을 떠나자며 지구인 앞에서 자기 모습을 드러내는 '그들'도 있어. 현수가 1983년에 만난 빨간 앵무새 머리 타루오의 경우가 바로 그러했지. 한 비공식적인 통계를 보면, '외계인이 우주여행을 제안했을 때' 이를 받아들이는 (어렵게 표현해서 '지구의 나'를 버리고 '우주적 존재'로서의 삶을 선택하는) 지구인은 전체의 2/5 정도 된다고 해. 나머지 3/5의 지구인은, '그들'이 건네는 음료를 마시거나 알약을 삼키고 또는 이상한 빛을 쐰 다음, '그들'을 만났다는 사실조차 까맣게 잊고 일상으로 돌아가곤 하겠지. 어느 날 길을 걷다가 문득 우주여행자를 만난다면, 그리고 그들로부터 뜻밖에 우주여행의 제안을 받는다면, 여러분은 뭐라고 대답할 생각이지? 미리 생각해 두는 편이 좋을 거야.

참고로, 평생 광활한 우주시공간을 떠돌아다니는 우주여행자들에게 여행은 잠깐의 휴식이 아니야. 삶의 방식 그 자체야. 전쟁이나 자원 고갈, 팽창과 폭발과 소멸이라는 별의 물리적 운명으로 인해 더 이상 고향

행성에서 살 수 없게 된 이들이, 그들의 발달한 과학문명을 이용해 그 같은 우주 유목민 생활을 시작한 거란다. 그들에게 여행은 선택이 아니라 멈출 수 없는 운명이라고 할 수 있지.

"시청 앞이다!"

현수의 나직한 탄성. 교원이 발 아래 세상을 내려다보았다. 복잡한 시내 가장자리에 둥근 광장이 훤히 보였다. 그 옆으로 대한문과 덕수궁의 돌담도 눈에 들어왔다. 지난봄, 그리기대회 때 반 아이들과 함께 저곳에 갔었던 기억이 난다.

"서울광장이잖아."

"요새는 그렇게 부르나? 아, 역시 세대차이가."

1983년 7월. 집 앞 골목에서 느닷없는 빛을 만나고 정신을 잃었던 어느 날 밤. 그 이후. 우주여행자의 신분이 되어 몇 차례 지구를 방문하곤 했다. 짧게는 며칠 길게는 몇 주의 우주여행(우주여행은 종종 우주시공간여행이라 불리곤 한다. 거기엔 복잡한 이유들이 있는데, 간단하게 설명하자면, 우주여행은 공간여행이자 동시에 시간여행이 될 수밖에 없기 때문이다. 우리가 보는 밤하늘의 별들이 최소한 그 별들의 몇 년 전, 많게는 몇만 년 전 모습임을 이해하자.)을 마치고 돌아올 때마다, 지구는 놀랍도록 오랜 세월이 흘러 있었다. 단 하룻밤 새 하늘을 뚫을 듯 키가 자란 동화 속 콩나무처럼. 첫 번째 방문은 1987년. 온 세상에 민주화를 열망하는 시위대의 구호와 최루탄 냄새가 가득하던 무렵이었다.

"두 번째로 지구를 찾아온 건 2002년이었어. 2002년 6월."

서울광장을 물끄러미 내려다보던 현수가 중얼거렸다.

"그때 저기서 무슨 일이 벌어진 줄 아니? 난리였어. 완전 난리."

– 나도 기억나! 그때 정말 굉장했지.

운전석에 앉은 *꾸꾸루꾸꾸*가 박자 맞춰 핸들을 두드렸다.

– 대~한 민국. 짝짝! 짝! 짝! 짝!

— * —

이른바 뉴밀레니엄의 시대, 2천년대가 막 시작하던 즈음이었다. 2002년. 우주여행자가 되어 두 번째로 찾아온 지구는 첫 번째 방문 때로부터 무려 15년이나 흐른 뒤였다.

우주여행 중에 만나는 세상들이 모두 희한하고 놀라운 것들뿐이듯, '볼 때마다' 급변하는 지구인들의 세상 역시 접할수록 놀라운 볼거리였다. 거리 풍경도 엄청나게 변하고 사람들 모습도 엄청나게 변했다. 생각할 수 있는 모든 것이 변하는 것 같았다. 변하지 않은 예전 모습을 찾아보는 것이 오히려 쉽지 않을 정도였다. 떠나오던 시절의 지구를 아직 생생하게 기억하는 현수에게 그것은 놀라운 한편 안타깝고도 우울한 일이었다. 더 이상 지금의 자기 모습을 기억하는 사람이 없으리라 생각하면 더욱 그랬다.

2002년 6월. 초여름 햇볕이 강렬하게 쏟아지던 서울광장. 그곳을 가득 메운, 하나 같이 빨간 색 티셔츠를 입은 수십 만 명의 사람들. 그들이 일제히 터뜨리는 뜨거운 함성. 현수는 더럭 겁이 났다. 이러다 큰일 나는 것 아닌가. 사람들이 죄다 다치고 죽는 거 아닌가.

"2002년 월드컵?"

"맞아. 너도 아는구나."

1987년과 2002년의 광화문은 달랐다. 사람들은 뜨겁게 열광했지만 분노하지 않았다. 독재타도를 외치던 시위대도 검은 갑옷의 전경들도 없었다. 모두 사이좋게 대형 전광판을 보며 박자 맞추어 대한민국을 외쳤다. 어쩌다 탄식하거나 기쁨의 눈물을 흘렸지만 최루탄 냄새 때문은 아니었다. 한바탕 신나는 축제의 분위기였다. 광화문뿐 아니었다. 폴란드를 이겼을 때, 포르투갈을 이기며 16강에 올랐을 때, 연장 후반 안정환의 골든골로 이탈리아를 꺾었을 때, "대~한민국!"을 연호하는 붉은 악마들의 물결이 온 나라에 넘쳐났다. 시청에서, 광화문에서, 종로에서, 신촌에서, 전국의 광장마다 거리마다 동네마다. 교원이 두 살 때의 일이었다.

"마지막으로 본 경기가 스페인전이었어. 홍명보의 승부차기로 4강에 진출하던 그 장면까지 겨우 본 다음에 부랴부랴 비행선에 올라야 했지. 예약했던 우주시공간 항로가 아슬아슬 열려 있었거든. 그때는 지구를 떠나는 게 정말 아쉽더라. 준결승전은 꼭 봐줬어야 했는데. 혹시 알아? 내가 직접 상암월드컵경기장에 갔다면 독일까지 이기고 결승에 올랐을지."

"대단해. 십 년도 더 지난 일을 며칠 전 이야기 하듯."

"나한테는 며칠 전 이야기거든."

　말이 난 김에 콘택터라는 단어에 대해 간단하게 알아보자. 지구 밖
생물체(Extra Terrestrial)를 직접 만나거나 목격한, 또는 지구 안팎에서
보내진 유의미한 신호를 통해 간접적으로 그들의 존재를 확인한 지구인.
이들을 지칭하는 전문용어가 바로 콘택터야. 경우에 따라 대뇌에 기록된
관련 기억이 80퍼센트 이상 지워진 엑스 콘택터(Ex-Contactor)까지가
이 범주에 포함되기도 하지.

　2013년 5월 말 현재, 지구상에는 5만 8천여 명의 콘택터와 그 네 배에
이르는 엑스 콘택터가 존재한단다. 웨토(World Extra Terrestrial
Organization. 국제외계인대책기구)의 가장 최신 보고 문서에 의하면 그
래. 그런가 하면 작년 말 웨토 한국 지부가 집계한 국내의 콘택터는 모두
7백 56명. 외계인이 남긴 흔적을 우연히 발견한 이들로부터 그들과 주기
적으로 교신을 주고받는 이, 그들의 우주선으로 끌려가 생체실험(이라고
믿어지는 의학적 행위)을 당한 이 등등 사례는 다양하지. 이상의 설명을
현수와 교원의 경우에 빗대면 어떻게 될까?

현수	1983년 7월 9일, 빨간 앵무새 머리 타루오를 만나며 보통 지구인에서 콘택터로 변했음.
교원	이틀 전인 2003년 9월 12일, 동네 뒷산 판잣집에서 꾸꾸루꾸꾸루를 만나며 콘택터로 변했음.

이처럼 콘택터란, 자기 자신이 원해서 되고 원치 않아서 피할 수 있는 게 아냐. 우주에 놀라운 일들은 많지만 따지고 보면 놀랄 일이란 하나도 없다고 한 말 기억하지? 그 말은 지구에도 똑같이 적용될 수 있을 거야. 지구상에 놀라운 일은 많지만, 따지고 보면 놀랄 일은 하나도 없어. 우리 주변에 그렇게 많은 외계인과 그들의 지구인 친구들이 살고 있을 줄이야!

두 번째로 방문한 지구를 떠나 다시 시작한 우주여행. 초록원뿔조각머리30-ㅂ 은하의 수수꽃다리 행성 세 곳이 행선지였다. 그곳에서 현수는 모두 열일곱 종류의 끈적이 부유 생명체들이 만들어가는 독특한 생태 문화를 사흘 동안 체험했다. 그러고는 아라크나이트좌의 초육각 쌍둥이별로 행했다. 서로 마주보고 도는 이들 쌍둥이별이 7만 6천 년 주기로 찾아오는 꼬리별의 궤도 일부와 충돌하며 공전 각도가 뒤틀어지는, 35만 6천 년마다 한 번씩 발생하는 진귀하고 광대한 우주 쇼를 눈으로 직접 확인하게 위해서였다. 초육각 쌍둥이별에 속한 인공행성인 나이트101101호에서는 50여 명 가까운 우주여행자를 만나, 그들과 이틀 동안 연회를 가져야 했다. 즐겁지만 쉴 새 없이 고단한 일과였다. 계획된 일정을 모두 마치고, 현수와 *꾸꾸루꾸꾸*는 다시 지구로 돌아왔다. 20일 만이었고, 그새 지구는 7년이나 지나가 있었다.

"2009년 6월이었어."

"4년 전이네. 나 초등학교 2학년 때."

"그럼 잘 알겠구나. 저곳에서, 그때 무슨 일이 있었는지."

교원은 대꾸하지 못했다. 무슨 일이 있었지? 기억이 나지 않았다. 내가 어떻게 알아. 신문을 들고 매일 시청 앞을 오가는 샐러리맨도 아니고. 발 아래 까마득하게 펼쳐진 서울광장을 바라보며, 현수가 중얼거렸다.

"참 이상하지? 내가 돌아올 때마다 저기서는 항상 무슨 일인가 있었어. 마치 내 귀환을 환영해 주기라도 하듯."

*꾸꾸루꾸꾸*가 고개를 끄덕였다.

– 노란색 풍선의 물결. 그때였던가?

세 번째로 지구를 찾은 우주여행자 현수는 다시 한 번 놀라고 말았다. 광화문광장을 가득 메운 엄청난 인파에, 그 어마어마한 노란색의 물결에 말이다. 뭐지? 이번에는 뭐지? 또 시위대인가? 시위대는 아니었다. 그럼 월드컵인가? 한국이 다시 이탈리아를 꺾고? 월드컵이 아니었다. 기쁨과 희열 넘치는 축제가 아니었다. 분노의 구호 가득한 시위도 아니었다. 그날은 세상 떠난 누군가를 마지막으로 보내는 날이었다. 서울광장을 가득 메운 이들은 얼마 전 서거한, 노무현 전 대통령을 애도하는 추모객들이었다. 나라 안팎의 TV도 온통 그 화면을 생중계하느라 정신이 없었다. 인터넷에서도 사람들은 온종일 그 이야기만 했다. 거리의 수많은 사람들은 환호하지 않았다. "대~한민국!"을 연호하지도 않았다. 최루탄을 피해 손수건으로 입을 막지도 않았다. 다만 소리 없이 눈물을 흘렸다. 가슴을 치며 통곡했다. 세상 떠난 이를 위해 간절한 기도를 올렸다. 그러면서 너도나도 긴 인파의 노란 물결을 뒤따랐다. 그 물결이 광화문에서 시청으로, 다시 서울역 쪽으로 빼곡하게 이어지고 있었다. 우주에서도 만나기 흔치 않은 장관이었다. 자세한 내막은 알 수 없었지만, 이를 지켜보는 현수의 기분은 좋지 않았다. 슬픔에 빠진 사람들을 지켜보는 기분이 좋을 리 없었다.

　"서울광장이 저렇게 조용하다니. 사람들이 저렇게 없다니. 처음

이야."

"서운해?"

그러자 현수가 어깨를 으쓱, 해보였다.

"아니. 그 반대야."

— * —

3시 42분. 6교시 수업이 모두 끝났을 시간. 가방 메고 실내화주머니 챙겨 교실을 나선 아이들이 집으로 학원으로 방과 후 수업 교실로 뿔뿔이 흩어졌을 시간. 운동장에서 공을 차고 노는 아이들 몇 명뿐 학교는 대체로 한산했다. 평화롭다는 단어를, 아마 이럴 때 써도 좋으리라. 투명자동차가 유유히 학교를 지나 아파트 단지 쪽으로 날아갔다. 뒷산 공터, 예의 꼬질꼬질한 판잣집 곁에 얌전히 내려앉았다.

"자, 오늘 드라이브는 이것으로 끝."

"재미있었어, 덕분에."

"아쉽지는 않고?"

"할 수 없지 뭐. 오늘은 늦으면 진짜 안 돼. 어제도 겨우 넘어갔는데."

"집에 가는구나."

"가야지. 구몬수학도 피아노도 잔뜩 밀렸고. 일기도 네 편이나 써야 하고."

"고생이 많다."

그 순간이었다. 묘한 표정 한 줄기가, 현수의 얼굴 위에 살그머니 드리워졌다가는 빠르게 사라져갔다. 바람에 날리는 머리카락처럼 말이다. 그 표정을 어떻게 표현하면 좋을까. 터져 나오는 재채기를 애써 참는? 등이 가려운데 긁어줄 사람이 없어서 안타까운? 겨자가 가득 든 떡을 삼키고도 아무렇지 않은 척 연기하는? 눈치빠른 교원으로서는 그 장면을 놓칠 수 없었다.

그렇구나, 현수는. 돌아갈 집이 없구나. 구몬수학도 피아노도 일기도, 그걸 밀렸다고 잔소리할 사람도 없구나.

집을 떠난 지 벌써 30년째, 적어도 두 달째 되는 현수. 교원보다 한 살 어린 현수 외삼촌. 사람은 누구나 가족이 필요하다. 그리고 잠시나마 머물러 쉴 수 있는 집이 필요하다. 아무리 오랜 여행을 하는 사람이라도, 초광속 시공간여행의 운명을 타고난 사람이라 해도 말이다.

같이 가자고 해볼까?

혹시 지금, 그 비슷한 말을 기다리고 있는 건 아닐까?

모를 일이다. 공연히 그런 말을 꺼냈다가 발칵 화를 낼지도 모른다. 가지 못할 처지인 줄 뻔히 알면서 약을 올리는 거냐고 짜증을 낼지도 모른다. 그 반대일지도 모르고 말이다. 세상에서 가장 눈치

채기 힘든 게 사람 마음이다. 이해한다고 생각하지만 오해하기 쉬운 것, 나 아닌 다른 사람의 마음. 이럴 때 텔레파시를 쓸 줄 알았다면. 그랬다면 기분 상하지 않게 머릿속으로 살그머니 물어보는 건데. 지난 밤. 간만에 엄마와 함께 침대에 누워 들었던 이야기가 새삼 떠올랐다. 30년 전, 엄마가 중학생이던 때 느닷없이 발생한, 이상하고 안타깝고 가슴 아픈 집안 이야기가.

현수와 헤어져 집으로 돌아오는 길.

교원은 뭔가 마음에 걸렸다. 자꾸 마음이 쓰였다. 못 할 짓을 한 것 같았다. 아니, 해야 할 일을 하지 않은 것 같았다.

이게 아닌데.

나 혼자 돌아오는 게 아니었는데.

07

블랙에일리언헌터

토요일이다. 화창한 날. 하늘 높고 맑고 푸른 가을날이다.

실컷 늦잠을 자고, 늦은 아점을 먹고, 잠옷을 입은 채 침대에서 TV를 보며 뒹굴뒹굴, 종일 빈둥거렸다. 그러다가 오후 3시 40분쯤 집을 나섰다. 친구 가영이의 생일 파티에 참석하기 위해서.

"다녀오겠습니다!"

거짓말이었다. 이번 주 들어 벌써 세 번째 거짓말. 나이 드니 거짓말만 느는구나. 늘 그렇지만 거짓말을 하는 기분이 썩 좋지만은 않았다. 그러나 어쩔 수 없는 상황이라는 게 있다. 바로 오늘과 같은 상황 말이다.

학교 앞에서 현수를 만나기로 했다. 어제 약속한 일이다. 집에서 학교까지는 버스 세 정거장 거리. 평소에는 버스를 타고 다니지만, 오늘은 지각할 염려도 없고 날씨도 좋았으므로, 좀 걷기로 한다. 아파트 단지 뒤, 실개천을 따라 좁지만 잘 닦인 산책로가 있었다.

하늘 참 맑았다. 구름 한 점 바람 한 점 없었다.

빨간색 양철 상자. Angel's Cookie. 딱지며 새총이며 플라스틱 로봇이며 유리구슬이며 이름표며 온갖 오래되고 쓸모없는 잡동사니들로 가득한 상자의 비밀을, 현수는 오늘 공개한다고 했다. 도대체 거기 어떤 의미가 담겨 있는지. 도대체 무엇 때문에 그 물건을 찾아 멀고 먼 우주에서 돌아온 것인지.

내일이면 현수는 떠난다. 지구에 온 지 나흘 만인 일요일 아침 9시 27분, 지구를 떠날 예정이다. 수다스럽고 유쾌한 동료 꾸꾸루꾸꾸와 함께. 내일 아침으로 예약된 시공간 항로를 놓치면, 새로운 초광속 우주항로를 발견하기까지 앞으로 얼마나 기다려야 할지 알수 없었다. 며칠이 걸릴 수도 있고 몇백 년이 걸릴 수도 있었다. 따라서 내일 아침 이후로는, 빨간색 양철 상자에 얽힌 비밀 이야기가 무엇인지 끝끝내 알 수 없을 터였다. 오늘 현수를 만나지 못한다면 말이다. 이거 보라고. 그러니 내가 거짓말을 안 하게 생겼어?

산책길이 끝나고 있다. 길 저편에 학교 정문이 눈에 들어왔다. 토요일이라 그런지 무척 한산하다. 오후 햇살이 젖은 빨래처럼 매달린 학교 담길. 누군가 타다가 버려뒀는지 세발자전거가 길가에 세워져 있다. 자전거의 분홍색 안장을 물끄러미 바라보며 걸음을 옮길 때였다. 누군가 빠른 걸음으로 뒤를 쫓고 있다는 것을, 교원이 직감했다.

뒤를 돌아보았다.

두 명의 아저씨가 성큼성큼 다가오고 있다. 검은 양복 검은 넥타이 검은 안경 검은 모자로 얼굴을 가린 사람들. 교원을 향해 성큼 손을 뻗는다.

깜짝 놀란 교원이 반사적으로 소리를 질렀다.

꺄악!

아니, 그러려고 했다. 그러나 검은 가죽장갑이 재빨리 입을 틀어막고 말았다. 우욱, 우욱. 억센 힘의 남자들이 교원을 붙들어 안고 걸음을 옮겼다. 교원이 마구 발버둥 쳤다. 있는 힘을 다해 저항했다. 그러나 꿈쩍도 할 수 없었다. 꿈이겠지. 꿈일 거야. 아주 나쁜 꿈. 깨고 나면 그만일 뿐인 악몽.

검은 남자들이 교원을 차에 태웠다. 아니, 집어던졌다. 두 명 중 한 남자의 검은 안경이, 흘러내릴 듯 코 밑에 삐뚤게 매달려 있다. 교원이 발버둥을 치며 걷어찼던 모양이다. 남자가 손가락을 세워 안경을 콧잔등까지 올려 썼다. 그리고 그 손가락을 좌우로 흔들며 중얼거렸다. 끔찍하도록 기분 나쁜 목소리.

"꼼짝하지 말고 얌전히 있어. 혼나기 전에."

쾅!

문이 닫혔다.

그저께 만났던 봉고차, 바로 그 뒷자리였다.

꿈. 나쁜 꿈. 이 꿈은 도대체 언제 깰까.

다시 꽁꽁 팔다리가 묶이고 입까지 봉해진 채, 출렁거리는 봉고차 뒤에 짐짝처럼 실려서 어디론가 옮겨졌다. 30분? 세 시간도 넘게 달린 것 같았다. 이번에는 눈까지 가려져서 어디로 가는 것인지 감조차 잡을 수 없었다. 꽁꽁 묶인 팔목과 다리가 끊어질 듯 아팠다. 엄마 얼굴이 떠올랐다. 무서웠다. 화도 났다. 나쁜 놈들. 툭하면 이렇게 사람을 납치하다니. 내가 동네북인 줄 알아!

마침내 어딘가에 차가 멈춰서고, 봉고차의 문이 열렸다. 다시 억센 손에 의해 어디론가 끌려갔다. 사람들의 나직한 말소리가, 저벅저벅 발소리들이 이어졌다. 계단 아래로 내려가는 것 같았다. 눅눅한 시멘트 냄새가 났다. 지하실이나 창고에서 날 법한, 그런 냄새였다.

이윽고 팔다리에 묶인 끈이 풀리고 눈가리개가 벗겨졌다. 시리도록 밝은 백열등 불빛. 절로 눈살이 찌푸려졌다.

허름한 사무실이다. 기분 나쁘고 음침한 분위기. 보이는 것이라곤 책상과 책상 양편에 하나씩 놓인 철제 의자, 탁자 위의 낡은 타자기와 전화기 한 대뿐. 다소 의아한 것은, 이 살풍경한 실내 한 구석에 놓인 욕조였다. 분홍색 타일 장식의 1인용 욕조와 샤워기, 그리고 세숫대야. 참 어울리지 않는구나. 이런 데서 도대체 누가 샤워를 하는 것일까?

"여기가 어딘지 아니."

책상 저편, 검은 옷을 입은 누군가 앉아 있다. 백열등 불빛이 만드는 그늘 때문에 그 얼굴이 잘 보이지 않는다.

"잘못된 믿음, 거짓 정보, 그릇된 사고방식을 가지고 살아가는 사람들이 세상에는 많이 있다. 이 세상이 어지럽고 위험한 것은 다 그런 사람들 때문이고 그런 사람들의 잘못된 믿음과 거짓 정보, 그릇된 사고방식 때문이지."

교원이 미간을 찌푸렸다. 얼굴 없는 남자가 내뿜는 담배 연기 때문이었다.

"그리고 여기는, 그런 사람들을 혼내고 타일러서 다시는 세상의 질서를 어지럽히지 않도록 도와주는 곳이다. 아주 오래전부터, 너

112

희 엄마 아빠가 아주 어렸을 때부터 그런 궂은일을 묵묵히 해온 곳이 바로 여기지."

남자가 하는 말이 그다지 와 닿지는 않았지만, 교원은 알고 있었다. 이 사람들이 누군지. 이들의 정체가 무엇인지.

거의 모든 지구인들은 믿으려 하지 않겠지만 지금 이 순간, 지구상에는 극히 다양한 우주시공간에서 찾아온 '그들', 지적외계생명체(Extra Terrestrial : 외계인, 지구별여행자, 지구에 찾아온 우주여행자)들이 자기 정체를 숨긴 채 살아가고 있단다. 그리고 거의 모든 지구인들은 믿으려 하지 않겠지만, 아주 오래 전부터, 뜻밖에 적지 않은 지구인들이 '그들' 과 친밀한 관계를 유지하며 살아오고 있어. 콘택터. 아까 설명했던가?

2013년 오늘까지, 지구상에서 '그들'과 콘택터들의 존재는 공식적으로 인정되지 않고 있어. 거의 대부분의 지구인들이 평생 '그들'의 정체를 모른 채 살아가는 건 그래서야. 여기에는 몇 가지 이유가 있단다. 하나는, 앞에서 밝힌 것처럼, '그들'이 제1원칙에 따라 지구인들에게 자신의 숨은 존재를 함부로 노출하지 않아서야. 그리고 또 하나는, '그들'과 콘택터의 존재를 알고 있는 '소수의 지구인들'이, 그 비밀이 세상에 알려지는 것을 꺼리고 있어서지.

에일리언헌터들이 '그들'과 콘택터들을 끈질기게 쫓아다니는 이유는 간단해. 돈을 벌 수 있기 때문이야. 돈을 어떻게 버느냐고? 지구의 모든 나라에서 외계인이나 콘택터가 공식적으로 그 존재를 인정받지 못하는 현실을 생각해 보렴. 따라서 '그들'과 콘택터가 실제로 존재한다는 증거는, 이 비밀을 공유한 '소수의 지구인들'이 일반인들과 특히 언론에 가장 숨기고 싶어 하는 값비싼 정보가 되는 거지.

"하지만 너무 두려워할 것 없다. 지금 여기서 너를 혼내려고 하는 것은 아니니까."

탁자 저편 얼굴 없는 남자가 후우, 담배 연기를 내뿜었다. 아이, 냄새. 아저씨 담배 좀 끄면 안 돼요?

"너를 이 자리에 데려온 것은 다만 그 아이 때문이다. 지금 누구를 이야기하는 것인지 너도 모르지 않겠지. 우주여행을 하다가 지구에 잠깐 돌아왔다는 녀석. 1980년대에 외계인을 처음 만나서 그 뒤로 우주를 들락날락거린다는 그 녀석 말이다."

조용한 실내에 남자의 굵직한 목소리가 나직이 이어지고 있다.

"녀석의 황당무계한 거짓말과 속임수에, 부디 속아 넘어가지 않았기를 빈다. 너처럼 똑똑한 아이라면 그럴 리 없겠지만."

"속임수라고요?"

"그래. 새빨간 거짓말과 속임수. 몰랐니? 눈치 못 챘어?"

얼굴 없는 남자가 벌떡 일어섰다. 드르륵. 바닥에 의자 밀리는 소리가 났다.

"생각해 보렴. 뭔가 이상하지 않은지. 덩치 큰 앵무새와 우주여행을 갔다고? 며칠 새 지구의 시간이 몇 십 년이나 흘렀다고? 그런 거짓말이야 누군들 못 하겠니. 낯짝만 두껍다면."

"하지만."

"하지만 뭐. 외계인? 투명자동차? 바로 그런 걸 속임수라고 하는 거다. 눈속임."

남자가 책상 주위를 저벅저벅 맴돌았다.

"마술을 생각해 봐. 상자 안에 누운 여자를 반 토막 내고, 허공에 매달린 코끼리를 순식간에 사라지게 하는 마술을. 그게 속임수 아닌 진짜라고 믿는 바보가 세상에 있을까? 녀석이 네게 보인 것도 그런 속임수일 뿐이야."

"……."

"나쁘기로 따지면 마술사보다 녀석이 더하지. 마술사는 사람들을 기쁘게 하려고 속임수를 쓰지만, 녀석은 다만 누군가를 속이려고 그런 속임수를 쓰니까."

"그렇다면 왜……."

"그 녀석이 왜 갑자기 네 앞에 나타난 거냐고? 왜 너를 속이려 드는 거냐고? 이유는 간단하다. 그건."

저벅저벅 이어지던 발소리가 멈추었다. 남자가 두 손을 탁, 책상 위에 내려놓았다.

"그 녀석이 나쁜 녀석이라서 그렇다. 아주 질 나쁜 녀석이라서."

"……."

"잘못된 믿음, 거짓 정보, 그릇된 사고방식을 가지고 살아가는 사람들에 대해서 이야기했지? 바로 그런 놈들에 대한 이야기다. 이 세상이 이렇게 혼란스러워진 것은 다 그런 녀석들 때문이야. 그런 녀석들이 너처럼 순진한 아이들을 꼬드겨서 세상 질서를 어지럽히기 때문이라고. 게다가."

얼굴 없는 남자가 다시 건너편 의자에 주저앉았다. 담배를 꺼내 불을 붙인다. 찰칵. 라이터 불빛이 검은 안경에 반짝 비쳤다 사라진다.

"네가 어떻게 받아들일지 모르겠지만, 들어봐라. 녀석이 못된 거짓말과 속임수로 접근했던 아이는 너 한 명만이 아니란다. 많아.

아주 많아. 그러니 생각해 봐라. 얼마나 나쁜 녀석이냐."

"…… 진짜요?"

"진짜고말고. 그래서 너처럼 순진한데다가 예쁘게 생긴 아이들이, 이번 달에만 세 명이나 이곳에 찾아와야 했단다. 내 이야기를 들은 아이들 모두, 기겁을 하듯 놀라서 진실을 깨닫곤 했지. 지금의 너처럼."

정말? 과연 정말일까?

교원이 잠깐 헷갈렸다. 거센 바람에 흔들리는 나뭇가지처럼. 얼굴 없는 남자의 이야기가, 들으면 들을수록, 너무도 그럴듯했던 것이다. 모두 거짓이었다니. 새빨간 거짓말에 속임수였다니. 설마. 그럴 리가 없어. 설마.

아. 잘 모르겠네.

얼굴 없는 남자가 하는 말이 사실과 다르다고 판단할 만한 증거는, 사실 없었다. 현수가 했던 말이 거짓이라고 판단할 증거가 없듯 말이다. 진실은 무엇일까. 진실은 어느 쪽일까. 현수가 진실이라면, 이 아저씨는 그저 파렴치한 에일리언헌터일 뿐이다. 하지만, 혹시라도, 이 아저씨가 하는 말이 진실이라면?

"어서 말해라. 녀석이 어디 있는지. 어디 가면 녀석을 만날 수 있는지."

탁자 저편에서 나지막한 목소리가 다시 이어졌다.

"너 같은 거짓말의 피해자가, 다시는 생기지 않아야 할 것 아니냐. 그러기 위해서는 지금 네 도움이 필요하다. 세상이 혼란과 위험에 빠지는 것을 원하지 않는다면, 이제 말하렴. 어디로 가면 그 녀석을 만날 수 있는지. 아는 대로 다 말해. 어서."

거짓은 어느 쪽일까. 거짓말을 하는 사람은 누구일까.

"나쁜 놈을 잡는 일에 협조하지 않는 사람은, 결국 나쁜 놈이나 마찬가지다. 너도 나쁜 아이가 되고 싶니? 그게 아니라면 어서 말하는 게 좋을 거야."

꿈일까. 나쁜 꿈을 꾸는 중일까.

"저기 저 욕조 보이니? 더러워진 몸을 씻는 곳이 아니라 더러워진 정신을 씻는 곳이란다. 아주 오래 전부터 그런 용도로 저 욕조가 사용되곤 했지. 하지만 겁먹지 마. 아까도 이야기했지만 널 비난하거나 혼낼 생각은 없다. 다만……."

뚜우우.

얼굴 없는 남자의 나직한 말소리를 끊으며, 어디선가 그런 기계

음이 들려오고 있다. 실내에서 나는 소리는 아니었다. 밖에서 들려
오는 소리였다.

뚜우우우우.

처음에는 작았던 그 소리가 점점 크게, 점점 더 크게 들려왔다.
뭐야. 이게 무슨 소리지? 초인종 소리가 아니었다. 화재경보음도
아니었다. 전기드릴로 벽에 구멍을 내는 소리도 아니었다. 냉장고
문을 오래 열어두었을 때 나는, 그런 소리도 아니었다. 교원이 기
억하는 그 어떤 소리와도 달랐다. 그 어떤 종류보다도 시끄럽고 듣
기 괴로운 소리였다. 교원이 두 손으로 귀를 틀어막았다. 출입문을
지키고 선 두 명의 검은 양복도 귀를 막고 투덜거렸다.

뚜우우우우우우!

뚜우우우우우우!

소리가 점점 더 커졌다. 엄청나게 커졌다. 소리의 엄청난 파장이

등짝을 때리고 어깨를 잡아 흔드는 것 같았다. 소리의 날카로운 모서리가 옆구리를 꼬집고 뒤통수를 쥐어박는 것 같았다. 그 이상이었다. 속이 다 메슥거렸다. 도저히 참을 수 없는 소리의 고통.

뚜우우우우우우우우!

양손으로 귀를 막고 괴로워하던 검은 양복의 남자 둘이 몸을 꼬며 괴로워한다. 급기야 바닥에 털썩 쓰러지고 말았다. 그리고 벌레처럼 버르적거렸다.

뚜우우우우우우우우우!

귀 따가운 소리에 이를 악물고 괴로워하던 교원의 눈이, 일순 휘둥그레졌다.

맙소사.

지금 내가 뭘 보고 있는 거지?

바닥을 뒹굴던 두 남자가, 몸이 조금씩 작아진다. 작아지더니, 허옇고 뭉뚝한 무언가로 변하고 있다.

돼지!

돼지!

그것은 돼지였다. 남자들이 두 마리의 돼지로 변하고 만 것이다. 검은 양복이 천 조각처럼 풀썩 주저앉은, 그 사이를 꼬물꼬물 헤치고 기어 나온 아기 돼지 두 마리. 꿀꿀. 꾸룩꾸룩. 책상 너머에서도 그 비슷한 소리가 들려왔다.

흐익!

교원이 짧은 숨을 몰아쉬었다. 토실토실 꼬마 돼지 한 마리가 책상 밑에서 쭐레쭐레 기어 나온다. 근엄하고 나직한 목소리로 시종 사회를 어지럽히는 거짓과 혼란에 대해 설파하던, 그 얼굴 없던 남자였다.

뚜우우우 온몸이 아프도록 괴롭던 소리는 이미 그쳐 있었다. 사무실 바닥을 오락가락 기어다니는 돼지 떼를, 교원이 멍하니 지켜보았다. 맙소사. 바로 이런 게 '사회를 어지럽히는 속임수'인가?

타닥타닥. 계단을 밟아 내려오는 다급한 발소리. 이내 철문이 왈칵 열렸다.

현수였다. 가쁜 숨을 헐떡이고 있다.

"괜찮니? 다친 데 없어? 아이고 숨차."

"……."

교원은 차마 말을 잇지 못했다.

"너 잡혀 간 거, 눈치 채자마자 부랴부랴 추적해서 쫓아온 거야. 하마터면 큰일 날 뻔했네."

꼬마 돼지 세 마리가 현수의 발밑에 몰려들어 킁킁 코를 갖다 댄다. 현수가 뒷걸음치며 미간을 찌푸렸다.

"징글징글한 에일리언헌터들. 저리 비켜! 확 통돼지구이를 해 먹을까 보다."

"그 귀 따가운 소리 뭐야? 소리로도 사람을 돼지로 만들 수 있는 거야?"

"사람을 돼지로 만드는 방법은 많아. 소리 아니라 음식으로도 가능하지. 칼로리 높고 포만감 낮은 음식."

"이 돼지들은, 이 사람들은, 그럼 어떡해?"

"걱정 마. 한 시간쯤 지나면 원래대로 돌아올 테니까. 아니면 두세 시간."

"두세 시간이라."

"아까 주파수가 제대로 맞추어졌으면 그렇지. 아, 100퍼센트 확실한 건 아니고."

거짓과 속임수로 사회 질서를 어지럽힌다고? 한숨이 나왔다. 그 야말로 감쪽같은 거짓말이었구나. 남의 말에 잘못 속아서 바보가 되기란, 이렇게도 쉬운 일이구나.

"무슨 생각하니?"

"아무것도 아냐."

"자, 시간 없어."

현수가 교원의 손을 잡아끌었다.

"덕분에 엄청 늦었다고. 빨리 가자."

"어딜? 이거 좀 놔봐."

현수가 들뜬 목소리로 대꾸했다.

"갈 데 있다고 했잖아. 30년 만의 약속!"

08

오래전 약속

현수는 서울 지리가 그다지 익숙지 않았다. 특히 지하철 갈아타는 것을 굉장히 신기해했다. 하긴, 30년 전 교통 사정은 이와 크게 달랐을 테니까. 우주에 지하철 환승역 같은 건 없을 테니까. 낯선 환경에 조금은 의기소침해진 현수 앞에서, 교원은 제대로 누나 행세를 할 수 있었다.

주말 오후.

방배동에서 역촌동까지 가는 지하철 안.

빨간 양철 상자를 품에 안은 현수는 교원의 옆에서 떨어지려 하지 않았다. 그런 현수가 여느 5학년 남자애들보다도 어리고 순진하게만 느껴졌다. 지하철 1회용 승차권을 구입할 때는 특히 그랬다. 1회용 표를 끊어서 건네자, 이렇게 되묻는 것이었다.

"너는? 왜 내 것만 사?"

교원이 가방에 매달린, 교통카드가 붙은 고양이 인형을 흔들어

보였다.

"난 이게 있거든."

"그 인형?"

교원이 보란 듯 고양이 인형 교통카드를 찍고 지하철 개찰구를 통과했다. 그 모습을 현수가 부러운 표정으로 지켜보았다.

"이따 돌아갈 때는, 네가 이걸 써봐."

그러자 아무렇지 않은 척 투덜거린다.

"됐어. 그까짓 거."

지하철을 타고 가는 내내, 현수는 사방을 둘러보느라 정신이 없었다. 더도 덜도 아닌 80년대 촌뜨기 소년 그대로였다. 그런 자신의 모습을 새삼 깨달았을까. 그래서 공연히 자존심이 상했을까. 느닷없이 중얼거린다.

"많이 변했네. 세상 참 많이 달라졌어. 물론, 우주여행을 하며 만났던 것들에 비하면 아무것도 아니지만."

"그러셔?"

"물론이지. 난 네가 믿지 못할, 상상도 못한 것을 보아왔어. 오리온좌 곁에서 불타던 전함. 탄호이저 게이트 근방의 어둠을 가로지르던 C-빔의 불빛들…… 세상 끝에서 끝을 오가며 만난 그 장관들에 비하면, 이 정도야 아무것도 아니지."

"멋지구나."

지하철 6호선 역촌역에 도착한 것은 5시 42분. 약속시간까지 고작 10여 분이 남았을 뿐이다. 머지않아 해가 질 터였다. 다급한 심정에 지나가는 행인을 붙들고 길을 물었다. 저기요, 역촌초등학교가 어디 있나요. 아주머니가 친절하게 설명을 해주셨다. 고맙습니다, 아주머니.

"이쪽이래. 뛰자!"

1983년. 역촌초등학교, 아니 역촌국민학교 5학년 10반.

5총사가 있었다. 지금도 생생히 기억나는 그 이름 전용상, 이기제. 성지웅. 양철호, 그리고 문현수.

30년 전 친구들이자 현수로서는 고작 두어 달 전에 헤어진 친구들이었다. 부반장 전용상은 아빠가 건설회사 사장으로, 집도 잘살고 공부도 잘했으며 운동도 싸움도 잘했다. 이기제는 4월 초에 경상남도 충무란 곳에서 전학 온 애였는데, 사투리 때문에 어떤 말을 해도 다 웃기게 들리는 애였다. 성지웅은 소아마비 때문에 왼쪽 다리가 더 짧은, 항상 넘어질 듯 휘청거리는 걸음을 가진 아이였다.

동글동글한 체구의 양철호는 별명이 '양철통'으로, 자습시간에 떠들다 칠판에 이름이 적혀서 선생님한테 매 맞는 선수였다. 물론 공부도 제일 못하는 애였다.

5총사는 늘 붙어 다녔다. 점심시간에 도시락을 까먹을 때도, 쉬는 시간에 복도에서 '얼음 땡' 놀이를 할 때도, 학교 수업 끝나고 운동장에서 축구를 할 때도, 전자오락실에 몰려갈 때도, 학예회 준비를 할 때도 늘 함께였다. 요즘 같았으면 영어학원을 갈 때도 PC방을 갈 때도 늘 붙어 다녔을 것이다.

5총사가 처음부터 친한 것은 아니었다. 어쩌다 보니 그렇게 뭉치게 되었다. 4월 5일 식목일. 나무 심기 행사가 있어 반 아이들 모두 학교 뒷산으로 몰려갔던 날이다. 파 놓은 땅에 나무 묘목을 심고 흙을 덮고 물을 주고 한창 바쁘던 무렵, 순식간에 싸움이 붙었다. 양철호가 성지웅이었다. 성지웅이 들고 온 물주전자를 양철호가 가로챘다던가, 성지웅이 양철호더러 돼지 양철통이라고 놀렸다던가, 자세한 원인은 모르겠다. 이유가 없어서 못 싸우는 건 아니니까.

성지웅이 다리는 하나 짧지만 힘은 제법 셌다. 아이들이 몰려들어 둥그렇게 원을 만들고, 그 속에서 두 아이가 엎치락뒤치락 흙바닥에 뒹구는데 전용상이 껴들었다. 전용상은 성지웅 편이었다. 몸도 불편한 애하고 비겁하게 무슨 짓이냐고 양철호에게 뭐라고 했다. 그러자 양철호가 넌 빠지라고 들입다 욕을 했고, 화가 치민 전용상이 양철호를 한 대 때리려고 했다. 그때 이기제가 둘 사이에 껴들고 나섰다. 식목일이면 나무를 심어야지 왜 친구들끼리 싸우는 거냐고, 나무 보기 부끄럽지 않냐고. 그 장면을 처음부터 고스란히 지켜보고 있던 문현수가, 갑자기, 미친 듯이 웃음을 터뜨리기 시작했다.

"나도 왜 그랬는지 모르겠어. 그 험악한 상황에서 이기제의 어수룩한 표정이며 사투리가, 갑자기 참을 수 없이 웃기더라고."

배를 잡고 쓰러질 듯 웃어대는 문현수를 따라, 구경하고 섰던 아이들이 하나둘 따라 웃기 시작했다. 이기제도 웃고 양철호도 웃었다. 마침내 전용상도 웃었으며 내내 씩씩대던 성지웅도 피식 웃음을 터뜨리고 말았다. 싸움은 웃음 속에 싱겁게 끝이 났다. 서로 떨어지면 못 사는 5학년 10반 5총사의 역사가 그렇게 시작되었다.

"하여간 남자 애들 참 이상해. 완전 바보 같아. 우리 반 애들도 그렇다니까. 사이좋게 장난치고 잘 놀다가, 갑자기 욕을 하고 주먹을 날리고."

"그게 남자들의 세계지."

"철부지 꼬마들의 세계겠지. ……저기 같은데? 저기 역촌초등학교 맞지?"

"……어, 정말."

동네 주택가. 길 안쪽에 자리 잡은 아담한 초등학교 풍경. 현수의 목소리가 커졌다.

"와아. 엄청 변했구나!"

"딱 6시야. 정확히 맞춰 왔네."

"교문이 바뀌었구나. 어? 저기 있던 문방구 없어졌나? 아아. 아아아."

입을 떡 벌린 현수를, 교원이 잡아끌었다.

"감탄만 할 거야? 빨리 들어가자."

토요일, 해질녘의 초등학교 운동장. 아이들은 보이지 않고 어른들 여럿이 운동장에서 축구를 하고 있었다. 배는 나왔지만 고함을 치며 공을 쫓아 열심히 뛰는 아저씨들. 유니폼 입은 것을 보니 조기축구회 아저씨들인 모양이다. 운동장을 빙 돌아서 학교 건물을 따라 걸었다. 빨간 양철 상자를 품에 안은 현수가 입을 꼭 다물고 있다. 그 얼굴에 복잡한 감정이 뒤섞여 있다. 반가움과 긴장감, 기대감과 두려움, 초조함과 그 밖의 표현하기 힘든 감정들.

"떨리니?"

그러자 웃지도 않고 고개를 끄덕인다. 그렇게 진지한 모습은 또 처음이었다. 와아아. 운동장에서 나지막한 함성이 들려왔다. 누군가 골을 넣은 모양이다.

6월 말. 석 달 전이 아니라 30년 전, 1983년 6월 말.

중간고사 기간이었다. 5총사가 시험공부를 한답시고 하루는 이 집으로 하루는 저 집으로 몰려다녔다. 그날 저녁은 전용상 엄마가 공부 열심히 하라며 짜장면에 탕수육까지 시켜주셨다. 모두 배부르고 기분도 좋은 참이었다.

– 우리, 미래 편지 쓸까?

전용상이 제안했다.

– 여자애들 하는 거?

양철호가 말했다.

– 여자애들만 하란 법 있나.

– 하긴 그래. 우리들 아니면 누가 그런 걸 하겠어.

그즈음 유행하던 거였다. 단짝친구 둘이, 아니면 서너 명이 짝을 이루어 서로에게 편지를 쓰는 것. 그 편지를 당장에 주고받아

펼쳐보는 게 아니라, 겉봉을 풀로 봉한 다음 자신들만 아는 비밀 장소에 잘 숨겨두는 것. 그리고는 서로 굳은 약속을 나누는 것이다. 1년 후, 5년 후, 10년 후, 몇 월 며칠 몇 시에 다시 이곳에서 만나, 그때 사이좋게 이 편지를 열어보기로. 친구의 미래—미래의 친구에게 편지를 써 보내는, 이 놀이를 하지 않는 여자아이들이 드물 정도였다.

　－ 우리가 다섯 명이니까, 한 사람이 나머지 네 명에게 쓰면 되는 거야.

　－ 하여간 성의 없이 쓰는 놈, 장난처럼 몇 줄 대강 쓰는 놈은 나중에 죽을 줄 알아.

　－ 미래의 친구라. 그런데 뭐라고 써야 하나. 존댓말로 써?

　양철호의 질문에 성지웅이 미간을 찌푸렸다.

　－ 아무 거나 하고 싶은 말 써. 존댓말은 왜 하냐? 그때 가도 다들 나이가 똑같을 텐데.

　이틀 뒤, 5총사가 각각 친구 네 명에게 쓴 편지 스무 통이 한 데 모였다. 이번에도 부반장 전용상이 먼저 제안했다.

　－ 30년 후에 다시 만나는 걸로 하자. 어때?

　－ 30년 후?

- 그래. 여자애들처럼 쩨쩨하게 5년 뒤 10년 뒤 하지 말고. 화끈하게.

이기제가 사투리 비명을 질렀다.

- 우리 그럼 마흔두 살에 만나는 거네? 으와, 마흔두 살!

- 그때 되면 다들 결혼했겠네. 히히.

- 결혼뿐이냐. 애도 있겠다. 잘하면 손자도 있겠다.

- 미친놈. 어떻게 손자가 있냐?

- 그런데 이 편지, 어디다 보관하지.

- 나무 밑에 땅 파고 묻자.

- 안 돼.

- 왜?

- 그런 이야기 들었어. 편지 숨긴 곳을 다른 애들이 어떻게 알아내서고, 그걸 몰래 파내서 훔쳐보기도 한다더라.

- 그럼 안 되지.

잠깐 고민하던 전용상, 두툼한 편지 뭉치를 한 아이에게 불쑥 내밀었다.

- 야 깡통, 네가 이거 맡아.

- 내가?

– 보관 잘 해야 한다, 알았지.

– 내가 이걸 왜.

– 30년 후 모임에, 네가 제일 안 올 것 같거든. 이런 중책을 맡겨야 잊지 않고 나올 테니까. 히히.

깡통이라고 불린 아이는 문현수. 5총사 중에서 키가 제일 작아 붙여진 별명이었다. 〈로봇태권브이〉에 나온다는 그 조그만 깡통로봇의 줄임말.

– 정확히 30년 후다. 지금 몇 시지?

성지웅이 손목시계를 굽어보았다.

– 9시 14분.

– 그렇다면 음, 9월 14일로 하자. 30년 뒤.

– 2013년 9월 14일?

– 와, 2013년! 그런 날이 정말 올까.

– 1999년에 지구 멸망한다는데.

– 노스트무스?

– 노스트라다무스 병신아.

– 학교 뒤뜰 정자나무 있지. 거기에 여섯 시까지 모이는 거다.

– 2013년 9월 14일 6시. 딱 외웠어.

– 그날 안 나오면 진짜 개새끼다이. 알았나?

이기제가 외치며 손을 내밀었다. 손등을 보이도록.

– 좋았어!

전용상이 그 손 위에 자기 손을 얹었다. 문현수가 그 위에 손을 올렸다. 양철호가, 이어 성지웅이 가세했다.

– 5총사 파이팅!

그로부터 불과 며칠 뒤다. 아빠 심부름으로 집 앞 구멍가게에 담배를 사러 나갔던 현수가 어둑한 골목길에서 새로운 세상을 만나고 말았다. 하얗고 강렬한 빛. 빨간 앵무새 머리 타루오. 그리고 벼락과도 같은 우주여행 제안.

지구인 수천 만 명 가운데 한 사람이나 접할 수 있을까 말까한 행운의 기회였지만, 안타까운 점이라면 식구들에게 작별인사를 할 새조차 없다는 점이었다. 아빠에게 담배와 거스름돈을 갖다드릴 새도, 방으로 돌아가 옷을 챙길 여유도 없었다. 빨간 양철 상자 역시 마찬가지 운명이었다.

그리고 30년이, 또는 2개월여의 세월이 흘렀다. 멀리 떠나온 현수의 마음에 내내 걸렸던 것 중 하나가 바로 5총사와의 약속이었다. 더불어 빨간 양철 상자였다. 미래편지 스무 통을 맡지만 않았더라도 이렇게 마음 쓰이지는 않았을 것이다. 그런데 행운과 같은 일이 찾아왔다. 2013년 9월 중순의 지구별을 향한 초광속 이동항로가, 짧지만 분명하게 열려 있음이 확인되었던 것이다.

학교 뒤뜰. 창고를 끼고 후문 쪽으로 향하는 길 어름에 커다란 느티나무가 있고, 그 곁에 아담한 정자가 놓였다. 화단 끝의 나무 벤치에 교원과 현수가 앉았다.

"그런데 너, 어쩌려고."

"뭘 어째."

"친구들 만날 거야? 지금 그 모습으로?"

"지금 이 모습이 어때서."

"몰라서 묻니? 이 깡통아."

"외삼촌한테 말버릇하고는. 걱정 마."

"어쩔 건데."

"여기서 지켜보기만 할 거야."

"……."

"녀석들이 늦지 않고 모두 다 모일지. 30년 만에 나타난 모습들이 어떨지. 얼마나 달라졌을지. 서로 어떻게 아는 척들을 할지. 옛날처럼 반가워할지 아니면 조금 머쓱한 분위기일지."

"이 편지들은."

현수가 교원을 올려다보았다.

"네가 갖다 줘."

"뭐야?"

"내가 나설 수는 없잖아. 부탁 좀 하자."

"하지만……."

"이렇게 하면 어떨까."

"어떻게."

두 손을 모은 현수가, 여자 흉내를 내듯 목소리를 가늘고 새되게 꾸몄다.

"저기요 아저씨들. 제가요, 아까부터 여기서 놀고 있었는데요, 웬 아저씨가 와서, 저한테 와서요, 이 편지들을 주더라고요. 그러면서요, 조금 있다가 여기에 어떤 아저씨들이 찾아올 텐데, 그때 이걸 좀 전해주겠니, 그래가지고요."

"야, 그만 둬."

교원이 미간을 찌푸렸다.

"내 목소리가 그래? 그렇게 염소 같아?"

"어때, 도와줄 수 있겠지?"

"어려울 건 없지만."

"어, 누구 온다!"

운동장 쪽에서 학교 건물을 끼고 이어지는 산책길을 따라, 누군가 다가오고 있다. 저벅저벅 느린 발소리를 끌면서. 현수의 눈이 반짝였다. 교원도 덩달아 가슴이 두근거렸다. 5총사 가운데 한 명일까? 그중의 누구일까? 이윽고 건물 모퉁이에서 나타난 이는, 운동장에서 축구를 하던 유니폼 차림의 아저씨였다. 핸드폰으로 문자를 확인하며 창고 저편 뒷길로 천천히 멀어져간다.

"뭐야, 아니잖아."

"축구 끝났나 보네."

"지금 몇 시지?"

"6시 8분."

"이제 슬슬 나타나겠네. 약속을 잊지 않았다면."

"물론 그렇겠지."

교원이 현수의 어깨를 두드렸다.

"다섯 명 중에서 한 명은 이미 왔잖아."

해가 저물고 가로등이 주황색 불을 밝혔다. 벤치에 웅크려 앉은 교원과 현수, 저편 어둑한 정자나무 주변을 물끄러미 지켜보았다. 주말 저녁의 초등학교 교정은 적막했다. 조금은 무섭고 쓸쓸한 기분이 들 정도였다. 선선한 가을바람 한 줄기가 불어왔다.

"춥니?"

"괜찮아. 너는?"

"나도."

현수가 5총사들 이야기를 들려주었다. 멀고도 가까운 기억들. 목소리가 어른처럼 굵어서 더욱 의젓했던, 그 목소리 때문에 장난전화를 걸 때도 효과(?)가 탁월했던 용상이가 어느 날 학교 화장실에서 똥을 누었는데, 휴지를 그만 변기에 빠뜨리고는 어쩔 줄 몰라 한 시간 동안 나오지 못하고 쩔쩔 맸던 일. 지웅이는 갤러그를 엄청 잘해서, 한번 오락실에 갔다 하면 아이들 모두 등 뒤에 몰려들어 몇 판이나 깨는지 구경했던 일. 기제의 집에 놀러갔을 때, 할머니처럼 늙어 보이는 기제의 엄마가 떡을 먹으라고 주셨는데 너무 딱딱하고 왠지 이상한 냄새가 나서 엄청 난감했던 일 등등. 서오릉으로 소풍을 가서는 개구리를 잡아서 여자애들 괴롭힌 이야기를 할 때, 교원은 웃기도 하고 공감도 되었다. 남자애들 참 단순해.

옛날에도 그랬구나. 그리고는 자꾸만 상상을 해보게 되었다. 그 아이들, 지금 어떤 모습이 되었을까. 30년 전에 5학년들이었으니까, 마흔두 살 정도 되었겠네. 와. 엄마보다 고작 세 살이 어리잖아? 그럼 다들 결혼하고 아이들도 있겠네. 나만한 아이가 있는 사람도 있겠네. 흰머리 난 사람도 있을까? 대머리는?

날이 완전히 어두워졌다.

초조한 기대감으로 달떴던 현수의 얼굴이 점점 시무룩해지고 있다.

7시 20분.

약속시간에서 한 시간도 넘게 지나가 있었다.

아직 한 명의 친구도 찾아오지 않았다. 단 한 명도.

어떻게 된 일일까. 2013년 9월 14일 6시. 날짜를 잘못 기억한 것일까? 그럴 리 없었다. 기억에 문제가 있다면, 그것은 다른 친구들의 30년 전 기억일 것이다. 불과 2개월 전 현수의 기억이 그보다 몇 배는 더 정확할 것이다.

다섯 명이 만나기로 했는데 그중에서 무려 네 명이 나타나지 않고 있는 상황. 교원은 난감했다. 30년 만의 영화 같은 재회를 내심

기대했기에 실망스럽기도 했다. 무엇보다, 침울해진 현수를 어떻게 위로해야 할지 알 수 없었다. 자기가 괜히 미안해지는 기분이었다.

현실이란 이런 건가.

30년 전 약속을 소중히 기억하고 있다가 다시 어김없이 재회하는 일이란, 열두 살 아이들의 꿈속에서나 가능한 장면일까. 그럴지도 몰라. 어른들은 늘 바쁘니까. 어른들을 늘 잘 잊어먹으니까. 어른들은 늘 무신경하니까. 고작 일주일 전의 약속도 못 지키고 사는 게 어른들이니까. 약속했던 사실조차 종종 잊어먹는 게 바로 어른들이니까.

어둠이 내려앉은 학교 뒤뜰. 담 밖 멀리서 차 소리가 은은하게 들려오고 있다. 딱딱한 나무 의자에 너무 오래 앉아 있어서인지 엉덩이가 아팠다. 춥고 배도 고팠다.

"에이, 나쁜 자식들."

현수가 자리에서 일어섰다. 두 팔을 들어 길게 기지개를 켠다.

"남자들만의 약속이라더니. 안 나오면 진짜 개새끼라더니. 모두 개새끼들이네."

아무 일도 아니라는 듯 그렇게 투덜거린다.

"하긴 모르는 일이지. 미국으로 이민을 갔을 수도 있고, 항해사가 되어 원양어선을 타고 있을 수도 있고."

그렇게 중얼거리며 양철 상자를 챙겨든다.

"아니면 교통사고가 나서 죽었을 수도 있고……. 혹시 알아? 나처럼 우주여행자가 되었을 수도 있고. 그런데 초광속 항로가 열리지 않아서 못 오고 있는지도."

교원이 뒤따라서 슬그머니 일어섰다.

"…… 갈 거야?"

"가야지. 여기서 밤을 샐 것도 아니고."

"기운 내."

아, 이럴 땐 뭐라고 위로를 해야 하는 거지?

"내가 뭐라고 할 말은 없지만, 음, 하여간 너무 실망 안 했으면 좋겠어."

"고맙다 교원아. 같이 고생해 줘서."

"고생은 뭐. 난 그저……."

교원과 현수가 거의 동시에 입을 다물었다. 저벅저벅. 건물 저편으로부터 나직한 발소리가 들려오고 있었다.

누군가 있다. 어두워서 잘 보이지는 않지만 왜소한 체구의 아저씨다. 주변을 두리번거리며 정자나무 쪽으로 느릿느릿 걸음을 옮

긴다. 그리고는 아무도 없는 그곳에서 한참 서성이고 있다. 교원은, 그리고 현수는, 순간 아무런 말도 하지 못했다.

키 큰 느티나무 줄기를 한참 올려다본다. 한참 만에 시선을 떨어뜨린다. 고개 돌려 이편을 바라본다. 아저씨가 다가왔다. 한 걸음, 또 한 걸음. 난생 처음 걸음을 옮기는 사람처럼 신중하고 느릿한 속도로.

덥수룩하게 자란 머리에 어딘지 지쳐 보이는 얼굴, 짙은 회색 점퍼 차림. 교원과 현수 앞에 선 아저씨가 입을 열었다.

"너희들…… 여기 오래 있었니?"

걸음걸이만큼이나 조심스러운 목소리.

"예."

교원이 뭐라 대답할 말을 찾기도 전에, 현수가 냉큼 나섰다.

"왜요 아저씨?"

아저씨가 천천히 대꾸했다.

"다른 게 아니라, 혹시…… 저기 저 정자나무 있는 데에, 누가 찾아오는 거 보지 못했나 해서."

"누가 찾아오다니요?"

"아저씨들 말이야. 나 같은."

아저씨의 기운 없는 얼굴과 달리, 현수의 얼굴은 다시 밝아지고 있었다. 곁에 선 교원의 가슴이 콩콩 뛰기 시작했다. 이 아저씨 누굴까. 5총사 중 한 명일까. 아마 그렇겠지? 30년 뒤 9월 14일 6시 정자나무의 약속을 기억하는 사람이 다섯 명 말고 또 있지 않다면 말이야.

그런데 누굴까. 용상이? 지웅이? 기제? 철호?

몇 발짝 떨어져서 서로를 물끄러미 마주보는 두 사람. 아저씨와 현수. 현수와 아저씨. 그 모습을 번갈아 바라보던 교원은, 왜 그랬을까, 순간 묘한 환상에 빠져들었다. 묘하고, 신기하고, 아름답기까지 한 환상에.

가로등 불빛이 노랗게 쏟아지는 두 사람 주변으로 때 아닌 벚꽃이, 하얗고 작은 꽃잎들이 쏴아아 쏟아지고 있었다. 30년이라는 길고 오랜 세월이, 그 하루하루가, 달력의 하얀 종잇장처럼 흩날리고 있었다. 수없이 흩어져 날리는 하얗고 작은 꽃잎들. 그 물결 속에서, 크고 작은 별빛들이 환하게 반짝였다. 푸르른 별무리가 강물처럼 굽이져 흘렀다. 흐르다가 때로는 한 데 모여 둥글게 맴돌며 춤을 추고, 무리에서 떨어져 나온 별똥별은 한 줄기 두 줄기, 밤하늘에 노란 금을 그으며 반짝반짝 사라져갔다.

두 사람이 마주 보고 서 있다.

한 사람은 5학년 10반 현수고 마주선 사람은 회색 점퍼의 아저
씨다. 아니다. 회색 점퍼의 아저씨는 어느덧 그 시절, 5학년 10반
5총사 가운데 한 명이 되어 있었다. 용상이였고, 지웅이였고, 기제
였으며, 철호였다. 다시 바람이 불고 하얀 꽃잎들이 쏴아아 흩어졌
다. 다시 별이 빛나고 별무리가 강물처럼 유유히 흘렀다. 그리고
별똥별이 나타났다가 빠르게 사라져갔다.

두 사람이 마주보고 서 있다.

한 사람은 회색 점퍼를 입은 아저씨고 마주선 사람은 5학년 꼬마
현수다. 아니다. 1983년에 국민학생이었던, 지금은 어느덧 마흔두
살이 된 현수였다. 현수 외삼촌이었다. 정자나무 아래에서 30년 만
에 다시 만난 국민학교 동창, 두 아저씨가 마주 서 있었다. 쑥스럽
고도 다정한 미소를 머금은 채 서로를 말없이 바라보고 있다.
　아, 외삼촌.
　현수 외삼촌이 나이를 먹으면 저런 모습이 되는구나. 엄마랑 어

딘지 비슷한데?

"아, 맞아. 아까 봤어요."

교원의 환상이 채 깨지기도 전, 현수가 태연히 거짓말을 시작했다.

"30분쯤 전이던가, 어떤 아저씨들이 저 나무 아래 모여들었어요. 그러고는 한참 떠들다가, 함께 어디론가 떠나더군요."

"30분 전?"

"그렇다니까요. 누군가 기다리는 것 같던데. 아저씨도 혹시 아까 그 아저씨들과 아는 사이에요? 친구?"

"그건…… 뭐, 그런 셈이지."

회색 점퍼의 아저씨, 무슨 생각을 하는 것일까. 잠시 아득한 표정이더니, 후우우, 한숨을 내뱉었다. 그러다가 현수를 물끄러미 쳐다본다. 고개를 갸우뚱.

"그런데 너, 이름이 뭐니?"

의아한 얼굴. 뭔가 궁리하는 눈치.

"너 혹시, 그러니까 너 옛날에…… 혹시 옛날에……."

"옛날에 뭐요?"

할 말을 못 찾고 고심하던 아저씨가 절레절레 고개를 저었다.

"아니. 아무것도 아니다."

……그럴 리 없지. 들릴락말락 중얼거리더니 천천히 등을 돌린다. (뭐가 '그럴 리 없다'는 것일까?) 그리고 걸음을 옮기기 시작했다. 저벅저벅. 아까보다 더 조심스럽고 느린 걸음으로. 정자나무를 지나 학교 후문으로 이어지는 길을 따라서.

교원과 현수가 그 뒷모습을 지켜보았다. 저벅저벅 발소리가 멀리 사라질 때까지. 뭐에 홀린 듯 얼이 빠진 얼굴로.

#10

짧지만 오랜 재회

텅 빈 초등학교 교정을 벗어나 그새 어두워진 거리를 총총 걸었다. 아까 왔던 길을 거슬러, 지하철역이 있는 방향으로.

"누구였어?"

한참 만에 교원이 물었다.

"용상이? 지웅이? 기제? 철호?"

"맞춰봐."

현수가 소리 없이 웃었다. 교원도 따라 웃었다. 하긴 상관없는 일이었다. 30년 만에 다시 만난 친구가, 5총사의 나머지 네 명 가운데 누구였건 말이다.

"한눈에 딱 알아볼 수 있었어?"

"응."

"정말?"

"아니, 사실 처음엔 좀 헷갈렸어. 그런데 몇 마디 해보니까, 누군지 알겠더라."

교원은 방금 전에 만났던 환상을 다시 떠올려보았다. 두 사람이 물끄러미 마주보고 선 시간, 때 아닌 벚꽃과 별똥별이 밤하늘에 찬란하게 쏟아지던 환상을.

"······그런데 왜 거짓말 했니?"

"무슨 거짓말."

"웬 아저씨들이 찾아왔다는 거. 나무 아래에서 한참을 서성이다가 떠났다는 거."

"완전히 거짓말은 아니잖아."

현수가 어깨를 으쓱, 해보였다.

"한 명은 아까부터 와 있었다고. 네가 말한 것처럼."

6호선 역촌역.

길게 이어지는 계단을 터덜터덜 걸었다.

주말 저녁이 깊어가고 있다. 집에 가면 몇 시쯤 될까. 또 잔소리 깨나 듣겠는걸.

현수는 좀처럼 말이 없다. 어딘지 맥이 빠진 표정. 그 심정이 어떨지 조금은 알 것 같았다. 남을 완벽히 이해한다는 것이 쉬운 일은 아니지만 말이다. 머릿속이 조금 복잡했다. 오늘 하루, 정말 많은 일들이 있었네. 평생 이런 날이 또 있을 수 있을까 싶을 만큼.

"내일 떠난다고 했나?"

현수가 한참 만에 대답했다.

"응, 아침 일찍."

승강장 안. 열차 도착을 알리는 벨소리가 울려 퍼지고 있다.

"그럼, 지구에는 언제 또 와?"

"몰라 아직은."

열차가 멈춰 섰다. 문이 열리고, 승객들 몇이 내리고, 교원과 현수가 올라탔다. 위이잉. 이윽고 미끄러지듯 움직이기 시작하는 열차.

"5년 후가 될지 30년 후가 될지. 그보다 더 오랜 시간이 걸릴지. 초광속 시공간이동좌표라는 게, 어떻게 보면 여행자의 선택을 받아들이는 게 아니라 여행자를 선택하는 거니까."

우주비행선을 타고 태양계를 벗어나는 건 어떤 기분일까. 열차가 새로운 역에 멈추고, 사람들이 또 올라탔다. 그들을 피해 출구에서 조금 물러섰다. 그 순간, 별다른 계기도 없이, 교원은 머릿속에 반짝 불이 켜지는 기분이었다.

아, 맞아!

뜻밖에 기분 좋은 생각이 떠올랐던 것이다. 그로 인해 내내 무겁던 마음까지 덩달아 가벼워지는 생각. 내가 아니라 내 곁에 있는 사람을 위해 지금 내가 할 수 있는 일이 무엇인지를 스스로 깨우치도록 도와주는 한 가지 생각.

"현수야."

현수 삼촌, 이라고 부를걸. 그랬더라면 분위기가 조금 더 유쾌해졌을 텐데.

"……말해."

뭐라고 이야기를 꺼내면 좋을까. 뭐라고 하면 오해하지 않고 내 말을 받아들일 수 있을까. 3초 정도 뜸을 들이던 교원이 말했다.

"내가 생각 많이 했어. 그래서 하는 말이거든. 그러니까 현수 너도, 삼촌도, 진지하게 들어줘야 해."

"말하라고."

"……집에 가자."

현수의 얼굴이 굳었다. 대꾸 없이 슬그머니 고개를 돌린다. 차창 밖을 쳐다본다. 교원이 다시 말했다.

"내일 우주로 떠나면, 언제 돌아올지 모른다며. 5년 후일지 30년 후일지 알 수 없다며. ……지금이, 오늘이 가족을 다시 만날 수 있는 가장 좋은 기회야. 알잖아."

말이 없는 현수. 여전히 창밖만을 주시하고 있다.

"지구에 돌아와서도 집에 찾아갈 수 없는 입장, 그 마음, 나도 알 것 같아. 아니. 사실은 잘 몰라. 내가 알긴 어떻게 알겠어. 우주여행은커녕 배낭여행 한 번 한 적도 없는데."

"……."

"하지만 이거 하나는 분명해. 이거 하나만은 너보다 내가 더 잘 안다고 분명히 말할 수 있어. 가족들 모두, 너를 진심으로 반기리라는 거. 할머니도 엄마도, 다시 널 만나면 엄청나게 기뻐하리라는 거."

교원이 할 수 있는 말은 거기까지였다. 남은 결정은 어디까지나 현수의 몫이었다. 사람은 누구나 자신이 옳다고 믿는 것을 할 권리가, 옳지 않다고 믿는 것을 하지 않을 권리가 있으니까. 그것이 자기 인생에 있어서 결정적인 문제라면 그럴수록, 더 그래야 하는 법이니까.

열차가 멈추었다.

사람들이 우르르 쏟아져 밀려들어왔다. 다른 정류장보다 몇 배는 많은 사람들로 열차 안은 몇 배로 복잡해졌다. 붉은색과 검은색이 섞인 줄무늬 유니폼들을 입은 사람들이 유난히 많다. 그러고 보니 상암동 월드컵경기장역이다. 오늘 FC서울 축구 경기가 있었던 모양이네. 지지난 주에도 교원은, 오빠와 함께 K리그 경기를 보러 상암동에 왔었다.

내내 창밖을 바라보고만 있던 현수가 천천히 고개를 돌렸다. 좋아하는 여자아이에게 말을 붙일 때처럼 조금은 상기된 얼굴.

"집에 가면, 엄마랑 누나랑, 내 얼굴 기억이나 하려나?"

그날 밤의 일을 어떻게 설명할 수 있을까.

30년 만에 현수 외삼촌을 다시 만난 가족들의 모습을. '경악'이라는 단어 정도로는 한참 모자랄 그 반응을 어떻게 묘사하면 좋을까.

두근두근, 어쩌면 당사자보다 더한 설렘과 긴장 속에서 현수 외삼촌을 데리고 집에 막 들어서던 참이었다. 현관문을 열자마자 느닷없는 호령이 떨어졌다.

"지금 몇 시야! 너 이 계집애 일루 와!"

엄마다. 화가 잔뜩 나 있었다. 위기일발. 너무 늦은 귀가 시간 때문이었다. 더불어, 그보다 더 심각하게도, 친구 가영이의 생일 파

티가 거짓 핑계였음이 발각된 때문이었다. (뒤에 가서 안 사실이지만, 늦게까지 오지도 않고 전화도 안 받는 게 걱정스러워진 데다가 그즈음 교원의 행적이 뭔가 미심쩍었음을 눈치 채고 있던 엄마가, 급기야 가영의 집에 전화를 걸어봤다는 것이다!)

마루에 식구들이 모여 있었다. 마침 대전 이모까지 놀러 와서 모처럼 시끌벅적하던 분위기였다. 너 이 계집애 일루 와! 기세백배 노기만발 외치던 엄마의 화난 얼굴이 멈칫, 얼어붙고 만다. 교원을 뒤따라 우물쭈물 현관에 들어서는 남자아이의 존재를, 그제야 발견한 것이다. 1983년도에서 막 건너온 현수의 외모가, 예의 지나치게 길고 폭이 넓은 고동색 칼라의 촌스러운 셔츠 모양부터가, 엄마 보기에도 여간 범상치 않았을 것이다.

"어…… 누구니, 친구야?"

엄마의 의아한 목소리 미심쩍은 얼굴. 교원이 뭔가 소개하려 했지만 적절한 말이 떠오르지 않았다. 현수 외삼촌이잖아. 30년 전에 실종된 엄마 남동생, 기억 안 나? 현관 쪽의 어떤 심상치 않은 분위기 탓에, 마루의 재잘거리던 대화가 슬그머니 잦아들고 있었다. 멀찌감치 마주선 엄마와 교원. 그 사이를 묘하게 흐르는 침묵. 보다 못한 현수가 한 걸음 다가왔다. 그러고는 나직이 중얼거렸다.

"누나, 나야."

그러고는 2초 정도 지나갔을까. 드다다다! 누군가 마루를 가로질러 빠른 걸음으로 달려왔다. 현수 외삼촌의 목소리를 단숨에 기억한 사람은 다름 아닌 할머니였다.

"너…… 이…… 이……."

제대로 된 문장을 만들지 못하고 현수의 얼굴을 어루만지던 할머니가 풀썩 쓰러지셨다. 과연 30년 전 아들의 얼굴을 단숨에 알아보신 것일까? 재빨리 다가가 할머니를 부축해 안은 엄마가 말도 안 돼, 말도 안 돼, 중얼거렸다. 부리나케 뒤쫓아 온 이모가 할머니의 팔다리를 마구 주물러댔다. 그러다가 현수를 쳐다보고는 꺄악! 비명을 질렀다.

할머니는 이날 밤 무려 세 차례나 기절을 하셨다. 앰뷸런스를 불러야 하나 심각하게 고민했을 정도다. 할머니가 아니었다면 아마 엄마나 이모가 그랬을 것이다. 엄마와 이모는 번갈아가며 울다가, 웃다가, 한숨을 뱉었다가, 가슴을 탕탕 치다가, 고개를 절레절레 흔들다가, 아이고 말도 안 돼 내가 미쳐,를 열 번도 넘게 반복했다. 버릇없는 표현이지만 완전 미친 사람들 같았다.

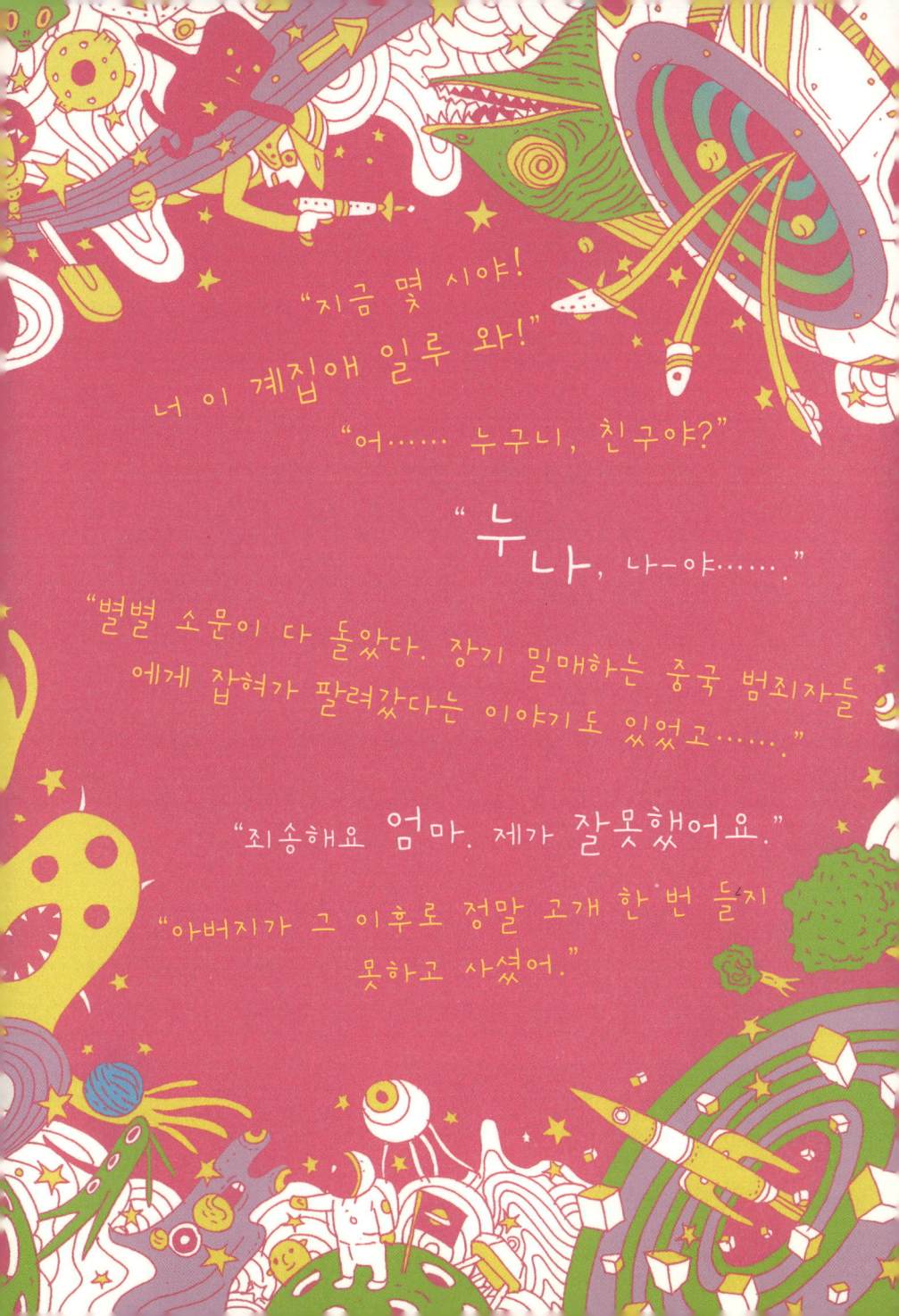

"지금 몇 시야!
너 이 계집애 일루 와!"

"어…… 누구니, 친구야?"

"누나, 나-야……."

"별별 소문이 다 돌았다. 장기 밀매하는 중국 범죄자들
에게 잡혀가 팔려갔다는 이야기도 있었고……."

"죄송해요 엄마. 제가 잘못했어요."

"아버지가 그 이후로 정말 고개 한 번 들지
못하고 사셨어."

주말 밤이 깊었다.

11시가 넘었다.

믿기 힘든 가족 상봉의 충격은 그 분위기가 어느 정도 (완벽하게는 아니지만) 가라앉았다. 길고 긴 이야기는 이제 시작이었다. 시작은 있지만 끝은 없는 이야기들. 광속이동. 다양한 외모와 습성을 가진 지구 밖 시공간의 지적생명체들. 그들이 만들어낸 다양한 문화들. 나이든 별의 붕괴. 새로운 별의 탄생. 블랙홀과 화이트홀과 웜홀. 듣는 이가 누구건 웬만해서는 믿기도 상상하기도 힘든 다른 세상 이야기들. 그뿐 아니었다. 현수 외삼촌이 실종된 뒤, 그로부터 지금까지, 남은 가족들의 장장 30년에 걸친 이야기 역시 끝이 없이 이어졌다. 어쩌면 우주여행 이야기보다 이편이 더 소란스러웠다. 우주여행은 한 명이지만 가족 이야기를 앞 다투어 떠벌이는 사람은 적어도 세 명이었으니까. 그러느라 어느새 자정이 훌쩍 지났다.

"별별 소문이 다 돌았다. 장기 밀매하는 중국 범죄자들에게 잡혀가 팔려갔다는 이야기도 있었고, 폐병장이들이 잡아먹었다는 이야기도 있었고. 형사니 신문기자니 얼마나 사람을 못살게 굴든지."

"죄송해요 엄마. 제가 잘못했어요."

"아버지가 그 이후로 정말 고개 한 번 들지 못하고 사셨어. 당신 때문에 애가 없어졌다고 자책하시면서. 4년 전에 돌아가셨다. 몰랐지?"

"미안해 누나. 정말 할 말이 없어."

"그런데 오빠, 하하 오빠라니 정말 웃기네, 내가 올해 마흔 살인데 열두 살짜리 오빠? 어쨌거나 오빠, 오빠는 나 어렸을 때 기억나? 학교 앞 문방구에서 오빠랑 나랑 돈 합쳐서 산 요요, 서로 가지고 놀겠다고 싸우던 거 말이야."

"당연히 기억나지. 파란색 손오공 요요. 결국 그거 심이 부러지고 말았잖아. 너 정말 많이 컸다. 하지만 옛날하고 비슷해. 어렸을 때 모습이 많이 남아 있어."

지난 나날을 돌아보며 역정도 내고 타박도 했다. 그간의 마음고생에 대한 신세한탄도 원망도 오고갔다. 일흔다섯 엄마와 열두 살 아들의 상봉. 마흔 살 여동생과 열두 살 오빠와의 재회. 저마다의 가슴속 깊이 맺혀 있던 감정의 응어리들을, 그 고통을 훌훌 털어버리는 시간. 그러나 할머니도, 엄마도, 이모도, 현수 외삼촌도 불행한 얼굴은 아니었다.

자정 지나고 새벽 1시가 넘었다. 베란다 맞은편 아파트의 불빛들

도 하나둘 꺼지고, 접시 위에 깎아놓은 사과가 갈색으로 변해갔다. 기이하고 놀라운 가족 상봉의 이야기는 좀처럼 끝나지 않았다. 가족이란 이런 건가. 언제건 어디서건 어떤 상황이건, 늘 한결같을 수 있는 사람들.

하지만 교원은 알고 있었다.

짧은 재회도 잠시, 이제 다시 긴 헤어짐이 찾아오리라는 것을.

피치 못할 헤어짐의 순간이, 어쩌면 첫 번째보다도 더 가슴 아프리라는 것을.

어쨌거나 한 가지만큼은 분명했다. 자칫하면 지구에서의 마지막 밤을 꾸꾸루꾸꾸와 함께 그 꼬질꼬질한 판잣집에서 보내야 했을 현수 외삼촌을 설득해 집으로 데려온 것은, 정말이지 매우 훌륭한 선택이었다는 사실 말이다.

#11

이제 내 목소리 들리나요?

일요일 아침 일찍, 가족들이 집을 나섰다. 할머니, 엄마, 이모, 현수 외삼촌, 오빠와 교원까지 온 가족 모두. 전날 밤을 꼬박 새워 다들 푸석한 얼굴들. 그러나 모처럼 일요일 아침의 각별한 산행인지라 발걸음은 더없이 가벼웠다.

뒷산 중턱의 낡은 판잣집. 등산길 산책로에서 벗어나 수풀을 헤치고 조금 들어간 끝에 현수의 임시 거처를 찾을 수 있었다. 쓰러져가는 판잣집에 불편한 표정들로 들어선 가족들이 입을 딱 벌리고 말았다. 좁은 집 안에 발 디딜 틈 없이 들어찬 온갖 잡다하고 복잡한 기계장치들 때문이었다.

계기판 앞에 앉은 꾸꾸루꾸꾸가 출발 준비에 한창이었다. 식구들이 등장하자 그 앞으로 다가가 빨간 혓바닥을 공손하게 날름거렸다.

— 안녕하세요. 현수의 가족분들이군요? 반갑습니다.

세상에나, 중얼거리던 할머니가 다시 실신하며 쓰러지는 순간 엄마가 잽싸게 부축하며 투덜거렸다.

"엄마, 정신 꽉 차려요. 지금 기절할 시간 없어요."

개중에 가장 용감한 이모가 웃으며 박수를 짝짝짝 쳤다.

"어머 귀엽다. 현수 오빠가 키우는 앤가?"

그러면서 머리를 쓰다듬으려다, 꾸꾸루꾸꾸의 부리부리한 눈알 네 개와 작지만 날카로운 이빨을 보더니 슬그머니 손을 거둔다. 현수가 교원을 바라보았다. 절레절레 고개를 흔든다.

9시 10분.

이제 떠나야 할 시간이다. 긴 이별을 받아들여야 할 시간이다.

우우웅. 우우우웅.

헛간 안의 기계들이 잠에서 깨어나고, 나직한 엔진 소리가 시작 되었다. 기계가 아니라 땅바닥 밑에서 울리는 소리 같다. 몸집 거 대한 짐승이 나직이 엎드려 흐느끼는 소리 같다. 이제 곧 어떤 일 이 벌어질지 모르지 않는 가족들의 얼굴이, 하나둘, 굳어갔다. 현 수가 어색한 미소를 지었다.

"나…… 갈게요. 가야해요."

할머니가 천천히 다가왔다. 가만히 현수를 안는다. 두 손바닥으로 잔등을 자꾸 쓰다듬어준다.

"가. 가렴. 여긴 아무 걱정 말고. 세상 끝까지 가서 좋은 구경 많이 해. 어디 아프지 말고. 알았지?"

곁에 선 엄마가 빙그레 웃는다. 웃는 얼굴로 소리 없는 눈물을 주르륵 흘린다. 그 눈물을 닦을 생각조차 하지 않는다.

"동생아. 잘 있어."

"오빠. 잘 가요. 또 놀러오고."

"교원아. 정말 고마웠어. 네가 없었으면, 그랬다면, 이번에 아무 것도 못했을 거야. 정말로."

"우리, 또 볼 수 있나?"

나이 어린 외삼촌에게 반말한다고 타박하는 식구들은 없었다.

우우웅. 우우우웅.

짐승의 울음 같은 엔진 소리가 점점 커지고 있다.

"올게. 되도록 빨리 올게. 운이 따라야하겠지만, 노력해 볼게."

"그래. 꼭 약속해."

"30년 뒤에, 교원이 넌 어떤 사람이 되어 있을까."

"30년 뒤?"

"지금과는 많이 다르겠지. 못 알아볼 정도로. 왠지 궁금한데?"

일곱 살 때 꿈은 화가였다. 2학년 때 꿈은 네일 아티스트였다. 5학년 때까지 장래희망은 요리사 겸 사진작가였다. 30년 뒤, 나는 어떤 내가 되어 있을까. 마흔두 살이라. 으아.

– 죄송합니다. 이제 출발해야 합니다. 현수, 이쪽으로 와야 해.

꾸꾸루꾸꾸의 나직한 목소리가 귓가에 속삭였다.

– 식구들에게 당부 좀 드릴게요. 카운트다운을 하면, 모두 바닥에 쪼그려 앉아서 상체를 웅크려주세요. 그리고 잠깐 눈을 감아주시는 편이 좋습니다. 강하지는 않지만 종종 후폭풍이 발생하는 경우가 있어요. 순간적으로 빛이 너무 강렬해져서 망막을 상하게 할 수 있거든요.

– 안녕, 꾸꾸루꾸꾸. 잘 가요. 안녕.

교원이 머릿속을 집중해 인사를 건네 보았다.

– 잊지 못할 거예요. 평생 못 잊을 거예요.

그러자 놀라운 일이 벌어졌다. 꾸꾸루꾸꾸가 교원 쪽으로 고개를 돌린 것이다.

　– 그래. 나도 못 잊을 거야. 영원히.

　머릿속으로 그런 대꾸가 들려온다. 교원이 숨을 들이마셨다.

　– 내 말 들려요? 이제 내 목소리 들리나요?

　– 들리고말고. 텔레파시를 참 빨리 배웠구나.

　– 와아.

　– 안녕. 이 말, 참 좋은 것 같아. 헤어지는 인사도 되고, 다시 만날 때 하는 인사도 되고. 안녕, 교원아. 또 만나자. 안녕.

　땅바닥이 덜덜덜 무섭게 진동하고, **우웅 우우웅** 엔진 소리가 커지고, 어디선가 시작된 회오리바람이 머리칼을 헝클어뜨렸다. 급기야 오두막의 허술한 지붕이 투둑투둑 갈라지기 시작했다. 먼지와 나무 조각들이 우수수 떨어졌다. 그 틈새로 일요일 아침볕이 유리알처럼 쏟아져 들어왔다. 아. 교원의 손을 꼭 잡은 엄마가 작은 탄성을 터뜨렸다.

　"모두 안녕. 저 갈게요."

　오두막 저편에서 현수의 목소리가 들렸다.

　– 모두 눈을 감아주세요. 셋, 둘, 하나!

　교원이 얼른 쪼그려 앉았다. 상체를 웅크리고 두 손으로 눈을 가렸다. 학교에서 재난대비 민방위훈련을 할 때, 이런 자세로 책상 밑에 몸을 숨긴 적이 있었다. 가슴이 동동 뛰었다. 떠나가는 모습을 지켜보고 싶지만 호기심 때문에 시력을 잃을 수야 없는 일이었다. ㄷㄷㄷㄷ. ㄷㄷㄷㄷ. 땅바닥이 세차게 진동하고 있다. 발바닥에 간질간질 느낌이 온다. 지진이 나면 이런 느낌일까.

누군가 어깨를 툭 쳤다.

다시 툭.

현수가 슬그머니 고개를 쳐들었다. 사람들이 자신을 이상한 눈으로 내려다보는 중이다. 오빠가 투덜거렸다.

"바보. 순진한 거야 멍청한 거야."

뭐야. 속고 말았네. 빨간 혀를 날름거리며 꾸꾸루꾸꾸가 웃고 있다. 흥, 이런 장난. 나빴어.

― 자, 이제 진짜로 떠납니다.

그러고는 **위이이잉!** 눈을 의심할 장관이 온 시야 한가득 펼쳐졌다. 화창한 아침 하늘을 찢으며, 아침 햇살보다 몇 배는 강렬한 빛 한 줄기가 판잣집 위에 내리꽂혔다. 그 빛 속으로 꾸꾸루꾸꾸가, 이어 현수가 빨려 들어가고 있었다. 줄 끊어진 풍선처럼 둥실 두둥실. 숲 속에 바람이 세차게 불고 있었다. 가족들이 바람을 맞으며 서서 그 장면을 지켜보았다. 하늘 높이 더 높이, 꾸꾸루꾸꾸와 현수가 멀리 점이 되어서 보이지 않을 때까지.

우주여행자들이 떠나간 판잣집 안은 휑했다. 고물상을 옮겨놓은 듯 복잡하던 기계장치들도 거짓말처럼 사라지고, 남은 것이라곤 지붕마저 부서져 내린 폐가의 적막함뿐. 뭐에 홀린 기분이었다. 할머니와 엄마, 이모. 모두 얼이 빠진 표정들이다. 다들 어디로 사라졌을까. 회자정리 거자필반. 국어시간에 배웠던 한자어가 갑자기 떠올랐다. 만난 사람은 언젠가 헤어지게 되고, 떠난 사람은 언젠가 돌아오게 된다는 뜻의 그 단어가.

"초광속 여행이라."

엄마가 한숨을 푸 내뱉었다.

"태양빛이 지구에 도착하는 데 8분 정도 걸린다는 거 알지? 지구에서 태양계 마지막 행성인 해왕성까지는 빛의 속도로 네 시간 정도 걸린대. 초광속 여행이니까 그보다는 빨리 태양계를 벗어나겠네."

교원이 엄마를 돌아보았다.

"오, 엄마 유식한데?"

이모가 껴들었다.

"무시하니? 저래 뵈도 너희 엄마 장래희망이 과학자였어."

"정말이야?"

"물론이지. 이모 꿈은 가수였고. ……너 그거 뭐니?"

이모가 교원의 몸 어딘가를 가리켰다.

"뭐 말이야?"

"거기 주머니에. 무슨 쪽지 같은데."

교원이가 자기 몸을 내려다보았다. 바지 주머니에 하얀 종이쪽지가 끼워져 있다. 매듭지어진 종이를 펼쳐보았다. 다급하게 휘갈겨 쓴 듯 그다지 단정하지 않을 글씨체. 꽤 긴 글이 적혀 있었다. 이게 뭐지? 이게 언제 바지 주머니에?

안녕 교원아.

지금 이 글을 읽을 즈음, 꾸꾸루꾸꾸와 나는 태양계에서 가장 가까운 별 '엡실런 이리더니'로부터 4억 7천 8백만km 떨어진 우주 공간을 비행하고 있을 거야.

작별인사는 충분히 나눈 것 같지만, 그냥 떠나기엔 왠지 섭섭하네. 그래서 너에게만 이렇게 몇 자 적어본다. (편지를 전해주느라, 조금 전에 네 시간을 순간적으로 정지시켰어. 눈치 못 챘겠지만, 미안해.)

이번 지구 여행 참 흥미진진했어. 모두 네 덕분이야. 가족들을 다시 만날 용기를 낼 수 있었던 것도, 교원이 네 덕분이었고.

감사의 의미로 너에게 작은 선물을 하고 싶어.

우주인여행자들을 혼내주었던 무기, 그 방법들을 알려주려고 해. 사람을 마네킹처럼 굳게 만드는 시간 정지 광선과 돼지 변신 음파에 대해서. 그리고 하나 더, 사람 얼굴을 정오각형으로 만드는 물약 조제법도 알려줄게. (친구에게 써먹을 때는 용량을 꼭 지켜야 한다는 거 잊지 마. 학교 아이들 전부를 오각형 돼지 마네킹으로 만들지 않으려면 말이야.)

아, 그리고 미처 이야기할 새가 없었는데, 양철 상자는 네가 갖고 있도록 해. 아주 주는 건 아냐. 나중에 다시 만날 때까지, 네가 잘 좀 보관해 주면 좋겠다. 친구들과 약속한 대로, 딱 30년 뒤에 그 편지들을 펼쳐보고 싶거든. 그래서 상자를 집에 두고 온 거야. 그 물건을 가지고 우주여행을 하다 보면, 언제 갑자기 호기심을 못 참게 될지 자신이 없어서. 보관료 대신, 5총사들의 편지를 읽어봐도 좋아. 혹시 네가 보고 싶다면 말이야.

그럼 잘 있어.

나중에 다시 지구로 돌아왔을 때, 눈 깜짝할 새에 어떤 모습으로 변했을지 참 궁금하다.

— 외삼촌 현수가

〈못된 친구 골탕 먹이는 법〉

당장 집에서 가까운 시장에 가서, 다음에 적힌 것들을 구입할 것. 조금씩만 사면 5천 원 정도면 충분할 것임.

소금·껌·당근·밀가루·지우   구르트·포도마

현수가 교원에게 보낸 편지는 지구의 평화를 위해 여기까지만 공개하겠음(저자 아룀)

월요일 아침.

교실에 들어선 교원은 '뭔가 이상하다'는 것을 직감했다.

목요일과 금요일, 토요일과 일요일. 너무나도 엄청난 일들을 경험한 때문일까. 그 후유증 때문일까. 친숙하던 6학년 4반 교실 안이 왠지 낯설었다. 칠판과 교탁, 창문과 화분, 선생님 책상과 사물함까지, 모든 것들이 조금씩 보이지 않게 위치를 바꾼 것 같았다. 특히 이상한 것은 아이들이었다. 자신을 힐끔힐끔 바라다보는 아이들의 시선이, 그 눈치가, 확실히 이상했다. 예전과 달랐다. 뭐라고 딱 꼬집어 설명할 수는 없지만 말이다.

무슨 일이지?

혹시라도 현수 외삼촌에 대한 소문이 나돌았던 것일까?

그럴 리 없을 텐데. 그런 눈치를 챌 만한 행동을 한 적도 없는데. 아니면 에일리언헌터들이 아침 일찍 학교에 들이닥쳤던 것일까?

아기돼지의 모습을 한 채로? 알 수 없이 찜찜했다. 공연히 뒤숭숭했다. 이거 누굴 붙들고 물어보기도 그렇고.

1교시 국어시간이 끝났다. 쉬는 시간. 왁자지껄 시끄러운 교실 안에 누군가 찾아왔다. 5학년 때 단짝친구, 서영이었다.

"야, 너 진짜야?"

다짜고짜 묻는다. 동그랗게 놀란 눈.

"뭐가."

"금요일에 그 소문 진짜냐고."

교원으로서는 어리둥절할 따름이었다.

"도대체 뭔 소리야. 무슨 소문."

뭐지? 금요일? 아침부터 이상하던 분위기가, 아이들의 심상찮은 눈초리가 그것 때문이었을까? 뭔가 미심쩍다는 듯 애매한 표정이던 서영, 주변의 눈치를 한 차례 살피더니, 교원의 귀를 잡아당겼다.

"아야."

6학년 4반 한교원이란 애 있지? 걔 완전 미친 거 아냐? 지난 금요일에 수업 끝나고, 청소 시간에 그런 일이 있었대. 애들이 청소는 안 하고 계속 장난만 치니까. 열심히 청소하자고 하면서 아이들 모아놓고는 이상한 약속을 했다는 거야. 청소 빨리 끝내면 자기도 월요일에 그 약속 지키겠다고. 걔 완전 이상한 애 아니냐?

서영이 속삭이는 말은 그랬다. 자기도 오늘 아침에 막 들었다는 이야기. 순간 교원의 머릿속에 떠오르는 것이 있었다. 그림자 교원. 그림자 교원. 커다란 젤리 덩어리와 머리카락 몇 오라기로 만들어진. 눈앞이 캄캄해지고 말았다.

"무, 무슨 약속을 했다는데?"

서영이 입술을 삐죽였다.

"그걸 왜 나한테 물어봐. 몰라서 묻는 거?"

"말해봐. 무슨 약속인데."

다시 주변의 눈치를 살핀 서영, 재차 교원의 귀를 잡아당겼다. 그리고 빠르게 속삭였다.

"꺄악!"

교원이 날카로운 비명을 질렀다. 으슥한 밤길에 에일리언헌터를 만난 겁쟁이 외계인처럼. 그 바람에 시끌벅적하던 교실이 일순 조용해졌다. 아이들이 이편을 힐끔거렸다. 히죽히죽 웃는 아이들도 있었다. 절레절레 고개를 젓는 아이들도 있었다. 귓속말을 주고받는 아이들도 있었다. 와아아, 박수를 치는 아이들도 있었다.

울상이 된 교원이 책상에 얼굴을 묻었다. 그리고 발을 동동 굴렀다.

"나 몰라! 현수 뭐야! 아앙!"

지난 금요일, 그림자 교원은 도대체 무슨 짓을 벌인 것일까?

글 한차현

소설가. 개띠 황소자리. 글을 쓰고 책을 읽고 하루 20시간 축구와 영화 보는 것 외에는 할 줄 아는 게 별로 없는 남자. 《영광전당포 살인사건》, 《왼쪽 손목이 시릴 때》, 《대답해 미친 게 아니라고》, 《사랑 그 녀석》 등 장편소설과 소설집을 발표했다. 북한산 가까운 동네에서 아내와 딸과 함께 늘 즐겁고 새로운 뭔가를 골몰하며, 오늘도 신나게 글 쓰는 중!

그림 아메바피쉬

일러스트레이터. 어려서부터 자신이 지구별에 떨어진 외계인이라고 굳게 믿고 있음. 언젠가 고향별로 돌아갈 날을 기다리며 UFO와 외계인, 양철로봇을 열심히 그리고 있다. 고향별을 향한 극비 암호를 담은 책 《ROBOT》, 《가면소년》을 펴냈다. 지금도 아기 외계인을 키우며 우주고양이 다섯 마리와 함께 고향별에 돌아가는 행복한 꿈을 꾸고 있다.

세상 끝에서 온 아이

초판 1쇄 인쇄 2013년 6월 24일
초판 1쇄 발행 2013년 6월 30일

지은이 한차현
펴낸이 김환기
펴낸곳 도서출판 이른아침

주 소 서울시 마포구 마포동 324-3 경인빌딩 3층
전 화 02)3143-7995
팩 스 02)3143-7996
등 록 2003년 9월 30일 제 313-2003-00324호
이메일 booksorie@naver.com

ISBN 978-89-6745-017-5 03810

이 도서의 국립중앙도서관 출판시도서목록(CIP)은 서지정보유통지원시스템 홈페이지(http://seoji.nl.go.kr)와 국가자료공동목록시스템(http://www.nl.go.kr/kolisnet)에서 이용하실 수 있습니다.(CIP제어번호: CIP2013009769)